Bianca

D0778068

La huida de una princesa
Anne McAllister

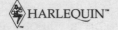

HARLEQUIN

Editado por HARLEQUIN IBÉRICA, S.A.
Núñez de Balboa, 56
28001 Madrid

I.S.B.N.: 978-84-9000-005-2
Depósito legal: B-15835-2011
Editor responsable: Luis Pugni
Preimpresión y fotomecánica: M.T. Color & Diseño, S.L.
C/ Colquide, 6 portal 2 - 3º H. 28230 Las Rozas (Madrid)
Impresión en Black print CPI (Barcelona)
Fecha impresion para Argentina: 5.12.11
Distribuidor exclusivo para España: LOGISTA
Distribuidor para México: CODIPLYRSA
Distribuidores para Argentina: interior, BERTRAN, S.A.C. Vélez
Sársfield, 1950. Cap. Fed./ Buenos Aires y Gran Buenos Aires,
VACCARO SÁNCHEZ y Cía, S.A.
Distribuidor para Chile: DISTRIBUIDORA ALFA, S.A.

Capítulo 1

ALGÚN día, su príncipe llegaría.

Pero, al parecer, no sería pronto, pensó Anny y miró el reloj con disimulo una vez más.

Se removió en el sillón donde llevaba esperando cuarenta minutos. Luego se enderezó y recorrió con la mirada el vestíbulo del hotel Ritz-Carlton, buscando algún rastro de Gerald.

Había cientos de personas por allí. Parecía una casa de locos.

Siempre sucedía lo mismo durante el festival de cine de Cannes. En la primera semana de mayo, el pueblo costero francés estaba rebosante de genios de la industria, de aspirantes y de ávidos cinéfilos.

En ese momento, tres días después de la inauguración del festival, la zona del bar del hotel, normalmente tranquila, estaba abarrotada de gente, con un ruido ensordecedor de risotadas masculinas y de agudas y coquetas risitas femeninas.

A su alrededor, había todo tipo de conversaciones: productores cerrando tratos, directores rechazando películas y periodistas persiguiendo a actores famosos. Y por todas partes había admiradores y mirones, intentando aparentar que ése también era su mundo.

Pero no había ni rastro del alto y distinguido príncipe Gerald de Val Comesque.

Anny se obligó a fingir serenidad y a sonreír.

–En público, debes mostrarte serena, calmada, feliz –le había inculcado desde la cuna Su Alteza el Rey Leopoldo Olivier Narcisse Bertrand de Mont Chamion, al que ella llamaba «papá»–. Mantén siempre la serenidad, querida. Es tu deber.

Y eso debía hacer. Las princesas cumplían su deber. Se mostraban serenas y, casi siempre, eran felices.

Ser princesa, sin embargo, no era todo juego y diversión, como Anny había comprobado en sus veintiséis años de experiencia. Aunque las princesas, desde su nacimiento, tenían tantos privilegios que debían estar agradecidas por la vida que les había tocado.

Por eso, Su Alteza Real la princesa Adriana Anastasia Maria Christina Sophia de Mont Chamion, alias Anny, se esforzó en parecer serena, responsable y feliz. Y agradecida.

Aunque también se sentía un poco estresada, impaciente, molesta y... aprensiva.

No era pánico, ni miedo exactamente. Era, más bien, como una comezón en el estómago, nerviosismo... y una creciente sensación de fatalismo.

Era una sensación que había experimentado con frecuencia durante el último mes y ya le resultaba familiar.

Eran sólo nervios, se dijo a sí misma. Los nervios de antes de la boda. A pesar de que aún faltara más de un año para que se celebrara y ni siquiera se había puesto fecha todavía. Y a pesar de que el príncipe Gerald, sofisticado, atractivo, elegante y experimentado fuera todo lo que una mujer podía pedir.

Anny se levantó para rastrear el vestíbulo con la mirada una vez más. Había tenido que apresurarse para llegar al hotel a las cinco. Su padre la había llamado esa mañana y le había dicho que Gerald la estaría esperando, que quería hablar con ella de algo.

–Pero es jueves. Estaré en la clínica a esa hora –había protestado Anny.

La clínica Alfonse de Jacques era un establecimiento privado dedicado a niños y adolescentes con daños cerebrales y de la médula espinal. Anny colaboraba como voluntaria allí todos los martes y jueves por la tarde. Había empezado a hacerlo cuando había llegado a Cannes para trabajar en su tesis doctoral, hacía cinco meses.

Al principio, había comenzado siendo nada más una forma de ser útil y de hacer algo además de escribir sobre pintura prehistórica todos los días. Había sido una distracción, una excusa para salir de casa. Y un servicio a la comunidad, algo que las princesas debían hacer.

A Anny le encantaban los niños y pasar unas cuantas horas con chavales discapacitados le había parecido una buena manera de invertir el tiempo. Pero lo que había empezando siendo un entretenimiento y una buena obra, se había convertido en la actividad que más le gustaba de la semana.

En la clínica, no era una princesa. Los niños no tenían ni idea de quién era. Y, cuando iba a verlos, no lo sentía como un deber. Era un placer. Y podía ser sólo Anny... su amiga.

Jugaba al escondite con Paul y a los videojuegos con Madeleine y Charles. Veía el fútbol con Philippe y Gabriel y cosía las ropitas de las muñecas junto a Marie Claire. Hablaba de películas y de actores con la entusiasta Elisa y discutía de todo con Frank «el rebelde», un niño de quince años que aprovechaba la menor oportunidad para mostrar su inconformismo.

–Siempre estoy en la clínica hasta las cinco, por lo menos –le había dicho Anny a su padre esa mañana–. Puedo quedar con Gerald allí.

–Gerald no va a los hospitales.

–Es una clínica.

–Aun así. No irá –había asegurado su padre con firmeza y cierto tono compasivo–. Lo sabes. Desde que Ofelia...

Ofelia había sido la esposa de Gerald, hasta que había muerto hacía cuatro años. Y se suponía que Anny debía reemplazar a la hermosa, elegante y encantadora Ofelia.

–Claro –había respondido ella en voz baja–. Lo había olvidado.

–Debemos ser compresivos –había aconsejado su padre–. Es difícil para él, Adriana.

–Lo entiendo.

Anny comprendía que no tenía ninguna posibilidad de ocupar el lugar de Ofelia en el corazón de Gerald. Pero sabía que se esperaba de ella que lo intentara. En parte, ésa era la razón por la que sentía aprensión.

–Os encontraréis en el vestíbulo a las cinco. Cenaréis pronto y hablaréis –había continuado su padre–. Luego, él debe salir para París. Por la mañana, sale su vuelo a Montreal. Tiene una reunión de negocios.

Gerald poseía varias multinacionales, además de ser príncipe.

–¿De qué quiere hablarme?

–Estoy seguro de que te lo explicará esta noche –había dicho su padre–. No debes hacerle esperar, cariño.

–No.

Y Anny no lo había hecho esperar. Era él quien llegaba tarde.

Aunque se suponía que las princesas no debían mostrarse impacientes, Anny volvió a mirar el reloj, miró a su alrededor nerviosa y tamborileó el suelo con el pie.

Eran casi las seis menos cuarto. Anny podía haberse quedado un poco más en la clínica y haber terminado su discusión con Frank sobre los héroes de las películas de acción. Pero, como había tenido que irse, Frank le había echado en cara que estaba huyendo de él.

—¡No huyo! —le había contestado ella—. He quedado con mi prometido esta tarde.

—¿Prometido? ¿Te vas a casar? ¿Cuándo? —había preguntado Frank frunciendo el ceño.

—Dentro de un año. O, tal vez, dos. No estoy segura —había respondido Anny. Gerald necesitaba un heredero y no estaba dispuesto a esperar para siempre.

El príncipe había aceptado esperar a que ella terminara su tesis. Por desgracia, eso sucedería en el año siguiente.

Demasiado poco tiempo para ella.

Anny intentó quitarse ese pensamiento de la cabeza. Gerald no era un ogro con el que se viera forzada a casarse. Bueno, sí estaba obligada, pero Gerald no tenía nada de malo. Era amable, considerado. Era un príncipe en todos los sentidos de la palabra.

—¿Un año? ¿Dos años? ¿A qué diablos estás esperando? —le había preguntado Frank con brusquedad.

—¿A qué te refieres? —había replicado ella, sobresaltada por la pregunta.

Frank había señalado a las cuatro paredes de su habitación y a sus piernas paralizadas. Luego, la había mirado a los ojos.

—El tiempo es precioso. Nunca se sabe lo que puede pasar.

Frank se había lastimado en la cabeza en un partido de fútbol. Al día siguiente, su cuerpo había quedado paralizado de cintura para abajo. Llevaba casi tres años sin andar.

–No deberías esperar –había insistido Frank sin dejar de mirarla a los ojos.

El muchacho era especialista en buscar temas de discusión.

–¿Qué propones? ¿Que me fugue con él? –había replicado Anny con una sonrisa.

Pero los ojos de Frank no habían brillado con la emoción de una nueva discusión, como solían hacerlo. Sólo había meneado la cabeza.

–Lo que pasa es que no entiendo a qué esperas.

–Un año no es mucho. Ni dos. Tengo que terminar mi doctorado. Y, cuando se ponga la fecha, habrá que hacer muchos preparativos.

–¿Eso es lo que tú quieres?

–No se trata de eso.

–Claro que sí. No deberías perder el tiempo. ¡Deberías hacer lo que quieres hacer!

–No siempre se puede hacer lo que uno quiere, Frank.

–¡A mí me lo vas a decir! ¡Yo no estaría aquí encerrado si pudiera!

–Lo sé.

Frank había apretado la mandíbula. Había vuelto la cabeza para mirar por la ventana. Anny no había sabido qué decir.

–Sólo se vive una vez –había señalado él tras un momento, con expresión de amargura.

¿Cómo podía discutirle eso?, se había preguntado Anny. Era imposible.

Por eso, ella había hecho lo único que se le había

ocurrido. Le había apretado la mano a Frank con todo su cariño.

—Tengo que irme —había dicho ella—. Lo siento.

—Vete —había replicado Frank fingiendo indiferencia.

—Volveré pronto —había prometido Anny.

Debía haberse quedado con él, se dijo ella, sentada en el hotel. Eran las seis menos diez y Gerald seguía sin aparecer.

De pronto, la sala se quedó en silencio. Anny levantó la vista. Todo el mundo parecía mirar en la misma dirección.

Al ver al hombre que había parado al otro lado del vestíbulo, Anny se quedó petrificada.

No era Gerald.

No se le parecía en nada. Tenía unos rasgos duros, el pelo revuelto, estaba sin afeitar, llevaba unos vaqueros gastados y una camiseta. Podría haber sido un cualquiera. Un carpintero, un marinero, un vagabundo.

Pero no era un cualquiera. Su nombre era Demetrius Savas. Anny lo sabía. Igual que todo el mundo en la sala.

Durante diez años, había sido el chico dorado de Hollywood. De procedencia griega, Demetrios había comenzado su carrera como actor siendo poco más que un rostro atractivo y un cuerpo impresionante.

Pero había trabajado mucho para cultivar su talento, había protagonizado una exitosa serie de televisión y media docena de películas, incluso había hecho sus pinitos como director. Y se había casado con la hermosa y excelente actriz Lissa Conroy.

Demetrios y Lissa habían sido la pareja perfecta de Hollywood, guapos y con talento. Todo había sido perfecto para ellos.

Hasta que hacía dos años Lissa había contraído una infección en un rodaje en el extranjero y había muerto a los pocos días. Demetrios apenas había podido llegar a tiempo a su lecho de muerte.

Anny recordó las fotos de la prensa que lo habían mostrado regresando solo con el cuerpo de su esposa y en el cementerio de Dakota.

Desde aquel día, Demetrios Savas no había vuelto a hacer una aparición en público. Al parecer, se lo había tragado la tierra.

El verano anterior, la noticia de que Demetrios había escrito un guión y había encontrado productor y actores para rodar una película de cine independiente en Brasil había sorprendido a todos. Al parecer, la película estaba entre las favoritas a los Oscar y también iba a presentarse en Cannes.

Por eso estaba él allí.

Anny nunca lo había visto en persona, aunque había tenido un póster de él en la pared de su dormitorio en el colegio mayor, recordó avergonzada.

Pero las fotos no hacían honor a la realidad. Había desaparecido de sus ojos el dolor de la última imagen que había salido de él en la prensa. Él no sonreía. No necesitaba hacerlo. Exudaba tanto carisma que nadie podía apartar la mirada de él.

Demetrios tenía un poder y una fuerza que Anny reconoció de inmediato. No era el poder suave y contenido de Gerald y de su padre. Era más puro y primitivo. Parecía que tenía un campo magnético a su alrededor.

Él siguió andando, con paso firme y decidido y, aunque las princesas no debían mirar fijamente, Anny no fue capaz de apartar los ojos.

La mayoría de la gente seguía observándolo también. Algunos lo saludaron y él les dedicó una breve sonrisa, una leve inclinación de cabeza. Pero Demetrios no se detuvo, mientras observaba la sala, como si estuviera buscando a alguien.

Entonces, posó la atención en ella.

Sus miradas se entrelazaron y Anny se perdió en sus mágicos ojos verdes.

Ella necesitó toda su fuerza de voluntad para apartar la vista. Consultó su reloj para tener algo que hacer. No quería parecer una adolescente embelesada, hipnotizada por su atractivo rostro.

¿Dónde diablos estaría Gerald?

Entonces, Anny levantó la cabeza y se encontró de frente con Demetrios Savas. Estaba tan cerca que podía ver la barba incipiente de sus mejillas y mandíbula y los brillos dorados de sus ojos.

–Lo siento –dijo él con una reticente sonrisa–. No pretendía hacerte esperar.

¿Es a mí?, quiso preguntar Anny, pero no fue capaz de articular palabra. Y, antes de que pudiera recomponerse, él le rodeó la cintura con un brazo, la atrajo a su lado y la besó en los labios.

A Anny le temblaron las piernas. Y abrió la boca. Por un instante, la lengua de él rozó la suya.

Luego, abrió los ojos para mirarlo, atónita.

–Gracias por esperar –dijo él con voz llena de calidez. Sin quitarle el brazo de la cintura, la guió hacia el otro lado del vestíbulo–. Salgamos de aquí.

Demetrios no sabía quién era ella.

Y no le importaba. Era obvio que ella había estado esperando a alguien y tenía el aspecto de ser la clase de mujer que no montaría una escena. Además, entre la multitud de personas encopetadas, ella había brillado con luz propia.

Su aspecto era el de una mujer serena y de fina compostura. Probablemente, sería una de las conserjes del hotel. O una guía turística esperando a su grupo. O la madre de algún boy scout. En otras palabras, podía ser cualquier cosa menos alguien del mundo del cine.

Y esa mujer iba a ser su salvación, lo supiera ella o no. Iba a ayudarlo a salir del Ritz antes de que él perdiera los nervios e hiciera algo de lo que luego se arrepentiría. Vestida con una falda azul oscuro y una chaqueta hecha a medida de color crema, parecía la clase de mujer estable y profesional que necesitaba para lograrlo.

Así que caminó con ella, mientras la multitud se apartaba para dejarlos pasar. Los miraban con ojos como platos. Murmuraban. Y él los ignoraba.

–¿Sabes cómo salir de aquí? –le susurró él al oído.

Ella se volvió hacia él con una breve sonrisa.

–Por supuesto.

Entonces, él sonrió también. Era la primera sonrisa sincera que esbozaba en todo el día.

–Dirígeme –le pidió él, mientras los murmullos de la sala no hacían más que crecer–. Ignóralos.

Eso hizo Anny, sin dejar de sonreír. Su salvadora parecía saber bien adónde se dirigía. Lo condujo por unas puertas y a lo largo de un largo pasillo. Luego, pasaron por algunos despachos, atravesaron un almacén y una zona de recepción de materiales hasta que ella abrió una puerta y salió a la calle por la parte trasera del hotel.

Demetrios respiró hondo y escuchó como la puerta se cerraba con un *clic* detrás de ellos.

–Ahora no puedes volver a entrar. Lo siento mucho. Pero gracias. Me has salvado la vida –dijo él.

–Lo dudo –repuso ella, sin dejar de sonreír.

–Me refiero a mi vida profesional –puntualizó él y se pasó la mano por la cabeza–. He tenido un día horrible. Y estaba a punto de empeorar.

Anny le lanzó una mirada especulativa, pero se guardó su curiosidad.

–Me alegro de haber sido de ayuda.

–¿De verdad? –preguntó él sorprendido, pues había esperado que ella estuviera más molesta que contenta–. Estabas esperando a alguien.

–Por eso me elegiste a mí –señaló ella, como si fuera lo más normal.

Sorprendido por su agudeza, Demetrios sonrió.

–Se llama improvisación. Me llamo Demetrios, por cierto.

–Lo sé.

Sí, claro. En las últimas cuarenta y ocho horas, Demetrios había comprobado que, a pesar de haber estado desaparecido durante dos años, nadie parecía haberlo olvidado.

Para su profesión, eso era bueno. Los distribuidores de películas no le cerraban la puerta en las narices. Pero los paparazis eran algo que él no necesitaba. Ni a las admiradoras enloquecidas.

Demetrios había sabido que ir a Cannes iba a ser una locura, pero se había creído capaz de manejar la situación. Y no sería nada difícil si todas las mujeres que conocía fueran como ésa.

–Demetrios Savas en persona –comentó ella con una sonrisa, observándolo con curiosidad y gesto amistoso.

–Al menos, no estás loca de excitación por conocerme –señaló él con una sonrisa de amargura.

–Podría estarlo –repuso ella y sonrió todavía más–. Quizá sepa disimular muy bien.

–Sigue disimulando, por favor.

Ella rió y a él le gustó su risa. Era cálida y amable y le hacía estar aún más guapa. Era una mujer hermosa. Su aspecto era sincero y amistoso y su rostro no tenía ni una sola imperfección.

–¿Eres modelo? –preguntó él. Tal vez, había estado esperando a un agente, pensó.

–¿Modelo? No. Nada de eso. ¿Parezco modelo? –dijo ella y rió.

–Podría ser.

–¿De veras? –replicó ella–. Bueno, gracias. Creo –añadió y sonrió de nuevo.

–Sólo quería decir que eres guapa. Era un cumplido. ¿Trabajas en el hotel?

–¿Guapa? –repitió ella, como si también eso le hubiera sorprendido–. No, no trabajo aquí. ¿Tengo aspecto de ser empleada del hotel?

–Pareces... amable. Profesional –contestó él y la observó con atención, fijándose en su cabello negro largo, su piel cremosa, sus exquisitas curvas y sus largas y esbeltas piernas–. Atractiva. Accesible.

–¿Accesible?

–Conmigo, lo has sido.

–Lo dices como si fuera una prostituta –señaló ella, más sorprendida que ofendida.

Demetrios negó con la cabeza.

–Nada de eso. No llevas suficiente maquillaje. Ni la ropa adecuada.

–Bueno, es un alivio.

Se sonrieron de nuevo y, de pronto, Demetrios se

sintió como si estuviera despertando de una pesadilla. Había estado hundido tanto tiempo que había creído que iba a ser así durante el resto de su vida.

Pero, en ese instante, se sentía vivo y, en esos cinco minutos, había tenido más ganas de sonreír que en los últimos tres años.

–¿Cómo te llamas? –preguntó él.

–Anny.

Anny. Sin apellidos. Nada más. Demetrios estaba acostumbrado a que las mujeres se apresuraran a decirle su nombre completo, a contarle la historia de su vida y, sobre todo, a darle su número de teléfono.

–¿Anny nada más?

–Chamion –añadió ella con reticencia.

–Anny Chamion –repitió él. Le gustaba su sonido. Sencillo y un poco exótico–. ¿Eres francesa?

–Mi madre era francesa.

–Y hablas español muy bien.

–He estudiado en España. En realidad, sigo estudiando. Estoy trabajando en mi tesis.

–¿Eres... una futura doctora?

Ella no tenía ese aire distraído, absorto y lejano que caracterizaba a los académicos, pensó Demetrios. Su hermano George era doctor en Medicina.

–¿No serás médico?

–Me temo que no –contestó ella, riendo–. Soy arqueóloga.

–¿Como Indiana Jones? A mis hermanos y a mí nos encantaban sus películas.

–La realidad no es tan excitante –repuso ella, encogiéndose de hombros.

–¿No hay nazis ni disparos?

–Ni serpientes tampoco. Ni nadie parecido a Harrison Ford. Ahora mismo estoy trabajando en la tesis, sobre pinturas rupestres. Tampoco tiene nada de excitante. Pero me gusta. Ya he hecho la investigación. Sólo me queda ordenarlo todo y plasmarlo en el papel.

–Poner las cosas sobre el papel no siempre es fácil –comentó él. Tal vez, ésa había sido la parte más difícil de los últimos dos años para él, porque había tenido que estar a solas con sus pensamientos para hacerlo.

–¿Tú también estás escribiendo algo?

–He escrito un guión. Ahora he empezado otro. Es un trabajo difícil.

–Debe de ser agotador. Yo no podría hacerlo –dijo ella con admiración.

–Y yo no podría escribir una tesis –repuso él. Era hora de despedirse, pensó. Pero le gustaba ella. Era una chica normal, sana, sensible. No era coqueta. Y era agradable estar con alguien ajeno al mundo del cine, alguien con los pies en La Tierra–. ¿Quieres cenar conmigo? –preguntó de pronto.

Ella abrió los ojos. Y la boca. Luego, la cerró.

Casi todas las mujeres de Cannes habrían tenido tiempo para aceptar su invitación diez veces. Pero Anny Chamion seguía callada. Parecía pensativa.

–Me gustaría, pero me temo que estaba esperando a alguien en el hotel.

Claro, se dijo él.

–Y yo te he sacado de allí sin ningún miramiento –señaló Demetrios–. Lo siento. Sólo pensé que sería agradable encontrar un sitio íntimo para esconderme de la multitud durante un rato, comer algo rico y charlar. Había olvidado que te había secuestrado bajo falsas pretensiones.

–No pasa nada –señaló ella, riendo–. Él se estaba retrasando demasiado.

Él. Ella había estado esperando a un hombre, por supuesto, observó Demetrios.

—Bueno. Gracias por el rescate, Anny Chamion. Gracias a ti no he tenido que ofender a Mona Tremayne.

—¿La actriz? —preguntó ella, perpleja—. ¿Estabas escapando de ella?

—De ella, no. De su hija Rhiannon. Es un poco... insistente —repuso él. Rhiannon lo había estado persiguiendo desde el día anterior, prometiéndole que le haría olvidar sus penas.

—Entiendo —dijo Anny, arqueando las cejas.

—Es una chica agradable. Pero un poco pesada. Inmadura —señaló Demetrios—. No quiero decirle que se vaya al diablo. Me gustaría volver a trabajar con su madre...

—Ha sido una maniobra diplomática.

—Sí. Pero lo siento si te he causado algún problema.

—No te preocupes por eso —aseguró ella y le tendió la mano.

Demetrios la tomó en la suya. Era suave y cálida. Se la acarició con el pulgar.

—Te he besado —le recordó él.

—Ah, pero lo hiciste sin conocerme.

—De todas maneras... —comenzó a decir él, sorprendido por lo mucho que deseaba volver a besarla.

Pero, antes de que pudiera hacerlo, Anny dio un paso atrás y se metió la mano en el bolsillo de la chaqueta.

—Mi teléfono —dijo ella y miró el identificador de llamadas—. Lo siento mucho, pero tengo que responder. Es... —comenzó a decir y señaló al hotel—. Tengo que responder.

Era obvio que la llamaba el hombre al que había estado esperando. Demetrios apretó los labios y se encogió de hombros.

–Claro. No pasa nada. Ha sido...

Demetrios no terminó la frase. Había sido un placer conocerla, sí, un placer genuino. Por primera vez en tres años, se había sentido bien en su piel. Él le apretó la mano, se acercó y la besó en los labios.

–Gracias, Anny Chamion.

Ella abrió los ojos como platos.

Él sonrió. Entonces, la besó de nuevo, disfrutando de ello, contento por no haber perdido sus dotes de seducción.

El teléfono siguió vibrando en la mano de Anny hasta que ella consiguió centrarse un poco y responder.

Demetrios no se quedó a esperar. Se sacó las gafas de sol del bolsillo, se las puso, se despidió de ella con la mano y comenzó a alejarse. Había caminado menos de una manzana cuando oyó un ruido de pasos corriendo hacia él.

Diablos. ¿No iba a poder librarse nunca de Rhiannon Tremayne?, se dijo él y se giró para mandarla al infierno del modo más cortés posible.

–Al parecer, tengo el resto de la tarde libre –dijo Anny, sonriendo y caminando a su lado–. ¿Sigue en pie tu invitación a cenar?

Capítulo 2

LAS PRINCESAS no debían autoinvitarse a cenar! No debían decir que no y, al minuto siguiente, correr detrás de un hombre y decir que sí. Pero no había podido perder la oportunidad. Gerald la había llamado para informarle de que había decidido irse directo a París para dormir bien antes de volar a Montreal.

–Te veré a la vuelta –le había dicho Gerald–. La semana que viene. Tenemos que hablar.

–Bien. Te estaré esperando.

Anny colgó casi sin dejar que Gerald se despidiera, porque temía perder de vista a Demetrios, que estaba a punto de doblar una esquina. Nunca antes había corrido detrás de un hombre. Y sabía bien que no debería hacerlo.

Pero que Demetrios Savas la invitara a cenar no era algo que sucediera todos los días... y justo cuando su príncipe la había dejado plantada.

Además, sólo sería una cena. Pasarían juntos nada más una hora o dos.

Demetrios Savas y ella. Aquello era como un sueño hecho realidad. ¿Cuántas mujeres podían decir que las había invitado a cenar el hombre del que habían tenido un póster en la pared a los dieciocho años?

Él se giró con la mandíbula apretada y fiera mirada.

Anny se quedó helada.

Entonces, al verla, Demetrios relajó la mandíbula.

Y le dedicó la misma sonrisa que había hecho que millones adolescentes, adultas y ancianas se derritieran ante la pantalla.

—Anny.

A ella se le aceleró el corazón al escuchar su nombre en labios de él.

—¿Has cambiado de idea? —preguntó él con tono esperanzado.

—Si no te importa...

—¿Importarme? —repitió él con una sonrisa aún mayor—. Entonces, ¿cenamos?

—No quiero tomarme la libertad de...

—Tómate todas las libertades que quieras —repuso él y sonrió. Al mirar a su alrededor, se dio cuenta de que algunos viandantes estaban empezando a reconocerlo. Un grupo de adolescentes lo señaló y comenzaron a dar gritos, corriendo hacia él.

Durante un instante, Demetrios se sintió como un zorro perseguido por los perros. Pero fue sólo un momento.

—Espera, ¿de acuerdo? Lo siento, pero...

—Lo entiendo —replicó Anny. Nadie entendía mejor las exigencias del público que una mujer criada para ser princesa.

Demetrios no había tenido la misma preparación que ella, sin embargo. De todos modos, siempre había manejado bien la situación, pensó Anny. Incluso en las trágicas circunstancias de la muerte de su esposa, se había mostrado educado y correcto.

Demetrios recibió a sus admiradoras con una sonrisa. Ellas lo rodearon entre risitas.

Igual que las chicas, Anny se quedó cautivada al escucharlo hablar con ellas.

Demetrios había sido muy atractivo de joven. Pero

Anny lo encontraba todavía más imponente en la actualidad. Su rostro había madurado. Su mandíbula era más fuerte y definida. Una barba incipiente acentuaba su aspecto de duro, el mismo que había tenido representando el papel del espía Luke St. Angier. Ella nunca se había perdido esa serie de televisión en sus años de adolescente.

Al mirarlo en ese momento, al contemplar su seductora sonrisa y sus ojos arrebatadores, a Anny no le resultó difícil recordar por qué.

Pero no sólo era impresionante su aspecto, también era cautivadora la manera en que interactuaba con sus ansiosas fans.

Demetrios podía haber huido de la insistencia de una actriz desesperada, pero se mostraba amable con esas jóvenes que no querían más que una sonrisa y unos minutos de conversación con su héroe de Hollywood.

Él se interesó por cada una de las chicas, no sólo por las más bonitas. Habló con todas, escuchó a todas. Rió con ellas. Les hizo sentir especiales.

Eso impresionó a Anny. Se preguntó dónde habría aprendido él a hacerlo o si sería algo que le salía de forma natural.

Qué extraño era todo, pensó Anny, apoyada en la pared de un edificio mientras observaba la escena. Iba a cenar con Demetrios Savas, se dijo, recorrida por un escalofrío de emoción y placer. Era increíble y maravilloso.

Se preguntó qué diría Gerald si se lo contara.

En cualquier caso, Anny estaba segura de que a Gerald no esperaría que su futura esposa cenara con Demetrios. Aunque no le importaría. Ni le haría sentir amenazado.

Por supuesto, no tenía ninguna razón para sentirse amenazado, pensó ella. Demetrios no iba a raptarla.

Mientras, la multitud que rodeaba a Demetrios se iba haciendo mayor. Él seguía hablando, respondiendo preguntas, pero de vez en cuando se giraba y miraba a Anny. Sus fans se multiplicaban por momentos.

–¿Un taxi? –gesticuló Demetrios con los labios, mirando a Anny.

Ella asintió y buscó en la calle. De pronto, apareció uno vacío y lo paró.

–¡Demetrios!

Él levantó la vista, vio el taxi, ofreció sus disculpas a sus admiradoras y consiguió meterse en el coche.

–Lo siento –dijo él–. A veces, esto es una locura.

–Ya lo veo.

–Son gajes del oficio. Normalmente, mis admiradoras tienen buenas intenciones. Están interesadas en mí, les importo. Y yo se lo agradezco –explicó él–. Además, son quienes pagan mi sueldo. Estoy en deuda con ellas –añadió y se recostó en el asiento, cansado–. Aunque, en ocasiones, es un poco abrumador.

–Sobre todo cuando has estado un tiempo apartado de todo.

Él la miró un momento con curiosidad y se encogió de hombros.

–Así es –admitió Demetrios.

El conductor, que había esperado con paciencia, los miró por el retrovisor y preguntó adónde iban.

–¿Adónde quieres ir? –le preguntó Demetrios a Anny–. A un sitio tranquilo, si puede ser.

–¿Tienes hambre? –inquirió Anny.

–No mucha. Pero no estoy de humor para paparazis. ¿Conoces algún lugar discreto?

–Sí. Hay un pequeño restaurante en Le Soquet, que no es un destino nada turístico –indicó Anny y lo miró un momento mientras se le ocurría una idea–. ¿No quieres hablar con nadie?

–Quiero hablar contigo –repuso él, arqueando una ceja.

Encantada, Anny sonrió.

–Muy halagador. Estaba pensando que, si no tienes hambre todavía y no te importa hablar con unos cuantos chicos... no son periodistas, ni paparazis, sólo unos niños a los que les encantaría conocerte...

–¿Tienes hijos? –preguntó él, perplejo.

–No. Colaboro como voluntaria en una clínica para niños paralíticos. He estado allí esta tarde. Estaba teniendo una conversación con uno de los chicos sobre héroes de películas de acción y...

–¿Habláis sobre películas de acción?

–A Frank le gusta hablar de todo. Le gusta discutir. Es su entretenimiento favorito. Cada vez que digo algo, él dice lo contrario.

–¿No tiene hermanos?

–Es hijo único.

–Una pena.

Anny pensaba lo mismo. Su madre no había podido tener más hijos y había muerto cuando ella tenía doce años. Hacía siete años, su padre se había casado con Charlise y habían tenido tres hijos: Alexandre, Raoul y David. Y, aunque era mucho mayor, ella disfrutaba mucho de tener hermanos.

–Frank se distrae de su soledad charlando conmigo –explicó Anny–. Y estaba pensando que sería todo un éxito si te llevara a la clínica. Tú debes de saber mucho más que yo sobre héroes de película y podrás conversar con él. Después, podríamos cenar.

Era una propuesta demasiado presuntuosa, se dijo Anny. Lo más probable era que Demetrios la rechazara.

–Me parece bien. Vamos allá.

La mirada de Frank cuando entraron en la habitación mereció la pena. Se quedó boquiabierto.

Anny intentó contener una sonrisa y se giró hacia Demetrios.

–Quiero presentarte a un amigo mío. Éste es Frank Villiers. Frank, éste es...

–Sé quién es –la interrumpió Frank, atónito.

Demetrios le tendió la mano.

–Encantado de conocerte.

Durante un instante, Frank no se la estrechó. Luego, cuando lo hizo, se quedó mirando absorto la mano del otro hombre, como si no pudiera creerlo.

Entonces, el chico volvió el rostro hacia Anny.

–¿Vas a casarte con él?

–¡No! –exclamó ella, sonrojándose.

–Me dijiste que tenías que irte antes porque habías quedado con tu prometido.

–S-se retrasó mucho –explicó Anny, balbuceante–. No pudo venir a la cita –añadió y miró a Demetrios.

–Así que yo la he invitado a cenar –concluyó Demetrios.

Frank se incorporó en las almohadas.

–No me habías dicho que conocieras a Luke St. Angier... quiero decir, a él –indicó el muchacho y se sonrojó por haber confundido su nombre con el de su personaje.

–Nos acabamos de conocer –señaló Demetrios como si tal cosa–. Anny me ha hablado de vuestra discusión. No puedo creer que MacGyver te parezca más astuto que Luke St. Angier.

Frank miró a Anny y se puso rígido. Ella contuvo la risa.

–¿Podría Luke St. Angier hacer una bomba con una tostadora, media docena de palillos de dientes y un mechero?

–Claro que sí –contestó Demetrios–. Creo que tú y yo tenemos que hablar.

Tal vez fue porque Demetrios trataba a Frank como trataría a cualquier otra persona o, tal vez, porque era Luke St. Angier... el caso es que al momento siguiente Frank estaba charlando con él animadamente.

Intercambiaron sus puntos de vista. Primero, sobre hacer bombas, luego sobre guiones, diálogos y personajes. Demetrios puso toda su atención y su interés en la conversación.

Anny había pensado que podrían pasar media hora allí... como mucho. Frank solía cansarse enseguida. Pero no con Demetrios. Una hora después, seguían charlando.

–Odio interrumpir, pero tenemos que ver a unas cuantas personas más antes de irnos –señaló ella.

Frank hizo una mueca.

–De acuerdo. Podemos continuar mañana –indicó Demetrios, poniéndose en pie.

–¿Mañana? ¿Lo dices en serio?

–Claro que lo digo en serio –aseguró Demetrios–. Eres la primera persona que muestra tanto interés en Luke desde hace años.

A Frank le brillaron los ojos. Los siguió con la mirada cuando se iban hacia la puerta y le dijo a Anny algo que ella nunca pensó que saldría de sus labios.

–Gracias.

Una vez en el pasillo, Anny miró a Demetrios.

–Le has hecho muy feliz. Pero no es necesario que vuelvas si no quieres. Yo podría explicárselo.

–Pienso volver –repuso él meneando la cabeza–. Vayamos a conocer a los demás.

Por supuesto, Demetrios los dejó encantados a todos. Y, aunque muchos de ellos no sabían que era famoso, les gustó mucho recibir su atención. Habló de coches de juguete con el pequeño Francois. Escuchó las historias del gatito de Olivia. Les hizo un truco de cartas a las chicas mayores, que terminaron todas locamente enamoradas de él.

Eran más de las nueve y media cuando al fin salieron a la calle.

–No pensaba acapararte tanto tiempo –se disculpó ella, sintiéndose culpable.

–Si no hubiera querido estar aquí, me habría inventado una manera de escaparme –repuso él con firmeza y la miró a los ojos–. Créeme, Anny.

–Sí, bueno, gracias. No ha sido muy adecuado traerte, pero...

–Ha sido muy adecuado. De nada. Y ahora, ¿qué pasa con la cena?

–¿Estás seguro de que te apetece? Es tarde ya.

–Todavía no es medianoche, por si piensas convertirte en calabaza –bromeó él, sonriendo.

–No –dijo ella–. Al menos, eso espero.

–Me alegro –afirmó él y, con voz más suave, añadió–: ¿Estás arrepintiéndote, Anny? ¿Temes que tu prometido se entere?

–A él no le importaría. No es de esa clase de hombres –señaló ella y tragó saliva.

–¿Eso es bueno? –preguntó, ladeando la cabeza.

Anny sabía que no quería un marido celoso. Pero

quería un marido a quien le importara lo que ella hiciera.

–Es un hombre bueno –dijo ella al fin.

–Seguro que sí –replicó él con gesto grave–. Bueno, si te prometo ser bueno yo también, ¿cenarás conmigo?

Demetrios le dio la mano mientras esperaba una respuesta y le sostuvo la mirada.

–Sí –afirmó Anny–. Me gustaría.

–Y a mí, también.

Entonces, Demetrios le apretó la mano, haciendo que ella se sintiera recorrida por una corriente de excitación.

Él no quería soltarle la mano.

¿Cómo era posible?, se preguntó Demetrios. Se sentía como un adolescente y no como el adulto serio y razonable que era.

Sumido en sus pensamientos, se metió las manos en los bolsillos mientras caminaba junto a Anny Chamion. Ella estaba prometida y, por lo tanto, sólo estaría interesada en cenar, nada más.

A pesar de ello, él no podía ignorar su deseo. Hacía más de dos años que no había tenido ganas de darle la mano a una mujer.

Pero, desde que había besado a Anny Chamion esa tarde, se había despertado en su interior algo que él había creído muerto hacía tiempo. Descubrir que no era así le sobresaltó.

Desde siempre, Demetrios se había sentido atraído por las mujeres. Y siempre había tenido facilidad para conquistarlas. Su éxito con el sexo opuesto no había hecho más que aumentar cuando, después de estudiar en la escuela de cine, había aceptado una oferta como modelo para ganar algo de dinero mientras conseguía un papel de actor. Entonces, su rostro se había dado a conocer y todo el mundo había querido contratarlo.

Había conquistado a los directores de cine. Y al público.

Pronto, le habían llegado papeles más importantes, como el de Luke St. Angier. Aquella serie de televisión le había dado fama y fortuna y halagos. Además, le habían llovido las ofertas de películas y las ofertas de mujeres, incluida Lissa Conroy.

Ella había sido la última mujer que Demetrios había deseado, la última que le había importado.

Demetrios levantó la vista mientras Anny se acercaba para hablar con el camarero del pequeño restaurante al que habían llegado. Sólo había unas pocas mesas en el interior y cuatro más en una terraza en la calle.

—Aquí me conocen –señaló Anny cuando hubo terminado de hablar con el camarero–. La comida es buena. La *moussaka* es fantástica. Y no es un destino turístico. Tienen un sitio junto a la cocina. No es la mejor mesa del restaurante, así que si prefieres ir a otra parte...

—No, está bien.

Aunque no era una mesa perfecta porque estaba justo detrás de la puerta de la cocina, estaba bien porque allí nadie les prestaba atención. Nadie los miraba. El camarero les llevó las cartas de inmediato y una lista de vinos.

—¿Vienes aquí a menudo?

—Cuando no quiero cocinar, vengo aquí –respondió ella.

Demetrios se rindió a la tentación de pedir *mous-*

saka. Nadie la cocinaba como su madre, pero él llevaba casi tres años sin ir a ver su familia. Apenas había hablado con sus padres después del funeral de Lissa.

Demetrios no había sido capaz de enfrentarse a ellos después de...

Había sido más fácil mantenerse alejado de todo.

Al menos, hasta que consiguiera estar en paz consigo mismo.

Y lo estaba consiguiendo, ¿no era así?, se dijo. Había regresado con un guión escrito por él. Con una película que había llevado al prestigioso festival de Cannes. Otra vez estaba dando entrevistas, firmando autógrafos, sonriendo a diestro y siniestro.

Por eso, le apetecía comer *moussaka*. Captó su olor proveniente de la cocina. Le recordaba a otros tiempos más felices, a su juventud.

Tal vez, cuando terminara en Cannes, iría a ver a Theo y Martha en Santorini. Luego, regresaría a Estados Unidos y visitaría a sus padres.

Cuando levantó la vista, vio que Anny lo observaba sonriendo.

—¿Qué?

—Nada. Sólo es que me parece muy curioso estar aquí. Contigo.

—Es el destino —comentó él y probó el vino que les habían servido.

—¿Crees eso?

—No. Pero también soy guionista. Me gustan los puntos de inflexión —señaló él.

Anny sonrió.

—Así que estás escribiendo una tesis... Trabajas como voluntaria en una clínica. Tienes novio. ¿Qué más debería saber de Anny Chamion?

Ella titubeó, como si no se sintiera cómoda hablando de sí misma. Aquello le resultó muy atractivo a Demetrios.

Lissa siempre había sido el centro de atención. Pero Anny se limitó a encogerse de hombros.

—Tenía un póster tuyo en la pared de mi habitación cuando tenía dieciocho años.

Demetrios se tapó los ojos. Sabía a qué póster se refería. Era un desnudo artístico en el que no se veía nada íntimo, que había hecho como favor a un joven amigo fotógrafo.

Sus amigos y sus hermanos se habían burlado con él a cuento del póster durante años. Seguían haciéndolo. Pero a las chicas parecía gustarles.

—Era joven y tonto —se excusó él, meneando la cabeza.

—Pero muy guapo —admitió ella con franqueza.

—Gracias —repuso él y parpadeó. Al pensar que una mujer como Anny se había sentido atraída por él, su nivel hormonal se disparó—. Cuéntame algo más aparte de eso. ¿Cómo conociste a tu novio?

En realidad, Demetrios no quería saberlo, pero le pareció un buen tema de conversación, para recordarle a sus hormonas cuál era la situación.

—Lo conozco desde pequeña.

—¿Era tu vecino?

—No exactamente. Bueno, algo parecido.

—Conocer bien a la otra persona ayuda —señaló Demetrios y pensó que a él lo habría ayudado mucho saber cómo había sido Lissa en realidad. Si lo hubiera sabido, habría salido corriendo en la dirección opuesta.

—Sí —respondió ella y bajó la vista a su ensalada.

Demetrios intuyó, entonces, que era mejor cambiar de tema.

–Háblame de esas pinturas rupestres. ¿Te queda mucho para terminar la tesis?

Anny se mostró más habladora. Sus ojos se iluminaron al contarle todo sobre su trabajo. Y más cuando empezó a hablar de los niños y la clínica.

Demetrios se contagió de su entusiasmo y le habló también de la película que había llevado a Cannes.

Anny sabía escuchar. Hacía buenas preguntas. Y sabía qué no preguntar. No mencionó los dos años que él había estado lejos de la vida pública. Y nada sobre su matrimonio y la muerte de Lissa.

–Siento lo de tu esposa –fue lo único que dijo ella, cuando él comentó que llevaba dos años sin ir a Cannes.

–Gracias.

Comieron la ensalada y una deliciosa *moussaka*. Y, como Demetrios no quería que la velada terminara aún, sugirió tomar un pedazo de pastel de manzana con el café.

–Yo un pedazo pequeño –aceptó ella–. Cuando vengo aquí, siempre como demasiado.

A Demetrios le gustaba que Anny comiera con apetito. Y que no estuviera tan esquelética como Lissa y como otras tantas actrices. Ella tenía aspecto saludable y atractivo, tenía el peso justo y podían adivinársele las curvas debajo de la blusa y la falda.

No había duda de que las hormonas de Demetrios estaban despiertas.

El camarero trajo pastel de manzana con dos tenedores.

–Tú, primero –dijo él y le acercó el plato.

Ella cortó un pequeño pedazo y se lo llevó a la boca. Cerró los ojos y suspiró.

–Está delicioso –dijo ella y se pasó la lengua por los labios. Luego, abrió los ojos–. Pruébalo.

Lo que él quería era probarla a ella. Pero se aclaró la garganta y centró la atención en el pastel.

Estaba rico. Ella lo observó mientras saboreaba su pedazo.

–Te toca.

–Sólo quería probarlo, nada más –repuso ella, meneando la cabeza.

–Está delicioso –le recordó él.

–Pero ya he comido bastante por hoy –señaló Anny y dejó el tenedor–. De verdad. Por favor, termínatela tú.

Demetrios se tomó su tiempo, no sólo para saborear el pastel, sino la velada. Era la primera vez que salía con una mujer después de Lissa. Bueno, aunque no estaba saliendo con Anny exactamente. Ni pensaba volver a salir con ninguna mujer para nada más que para irse a la cama con ella.

De todos modos, Demetrios estaba disfrutando. No era difícil, pues Anny era muy agradable, comedida y atractiva. Le gustaba su tranquilidad y lo cómoda que ella parecía y, al mismo tiempo, sentía la tentación de romper esa serenidad.

¿Por qué diablos pensaba esas cosas?, se reprendió a sí mismo. Se metió el último pedazo de pastel en la boca y tomó un rápido trago de café.

–Me he dado cuenta de que te estoy haciendo esperar –indicó él, tras limpiarse la boca con la servilleta–. Es casi medianoche –añadió, sorprendido por lo rápido que había pasado el tiempo.

–Quizá me convierta en una calabaza.

–¿Puedo verlo? –preguntó él, sonriendo.

–El príncipe azul nunca ve esas cosas, ¿recuerdas?

Demetrios lo recordaba. Y sabía que, por muy bien

que lo estuviera pasando, su encuentro no llegaría a ninguna parte. Él no quería. Ella no quería. Tal vez, por eso estaba disfrutando tanto.

–¿Nos vamos?

Anny asintió, pensativa.

Demetrios pagó la cuenta, felicitó al camarero por la comida y se sorprendió un poco cuando éste apenas lo miró y dedicó una gran sonrisa a Anny.

–Nos ha encantado que viniera esta noche, siempre será bienvenida –le dijo el camarero a Anny y le besó la mano.

En la calle, Anny se detuvo y le tendió la mano a Demetrios.

–Gracias. Por la cena. Por venir a la clínica. Por todo. Lo he pasado muy bien.

Demetrios le tomó la mano, pero negó con la cabeza.

–No voy a dejarte en la calle.

–Mi casa está cerca. No hace falta que...

–Voy a acompañarte hasta la puerta –puntualizó él–. Así que vamos.

Él no le soltó la mano. Mantuvo sus dedos entrelazados mientras caminaba con ella por las callejuelas.

En la distancia, se oía el ruido del tráfico y la música de los bares. A su lado, Anny caminaba en silencio. No dijo ni una palabra y eso, por sí mismo, era toda una novedad para él. Todas las chicas con las que había estado habían sido expertas en no parar de hablar hasta despedirse.

Anny no abrió la boca hasta que se detuvo delante de un edificio de cuatro pisos con balcones de hierro forjado.

–Ya hemos llegado –dijo ella, sacó una llave y abrió la gran puerta de la entrada.

Demetrios había esperado que ella lo despidiera en ese momento, pero Anny debía de esperar que la acompañara a la puerta de su propio piso, porque lo guió por una escalera sin decir nada más.

Enseguida, llegaron ante una puerta.

–La puerta de mi casa –dijo ella con una sonrisa–. Gracias. Ha sido muy agradable –añadió y le tendió la mano.

–Así es –afirmó él con sinceridad. Había sido la noche más agradable que había pasado en muchos años–. He tenido suerte de raptarte del Ritz.

–Y yo –repuso ella con ojos brillantes.

Se miraron el uno al otro un largo instante.

Demetrios sabía lo que debía hacer. Estrecharle la mano, soltarla y decirle adiós. O, tal vez, darle un beso. Después de todo, la había besado incluso antes de conocerla.

Pero las cosas habían cambiado. Él sabía quién era ella. Una joven dulce, amable y cálida... que tenía novio. La clase de mujer a la que no debería perseguir.

A pesar de todo, Demetrios acercó la cabeza y decidió que la besaría un momento en los labios. Sería un beso suave, nada más... Necesitaba saborearla. Recordarla.

Despacio, Demetrios posó sus labios en los de ella. Anny sabía a vino, a manzana y a dulce, un sabor que debía de ser su distintivo. Una vez que hubo empezado, no pudo parar, como un hombre sediento en el desierto al que le ofrecieran el agua más cristalina del mundo.

Habría parado si ella se hubiera resistido.

Pero ella se agarró a su camisa con todas sus fuerzas, como si no quisiera dejarlo marchar.

Ambos igualmente sorprendidos, dieron un paso atrás.

Demetrios intentó ignorar sus hormonas, pero los latidos de su corazón eran demasiado fuertes.

–Buenas noches, Anny Chamion –dijo él con voz ronca.

Durante un momento, ella pareció perpleja. Sonrió a duras penas y tragó saliva.

–Buenas noches.

Hubo otro silencio. Entonces, Demetrios le dio un suave beso de despedida.

–Estoy en deuda contigo.

–¿Qué? –preguntó ella, parpadeando.

–Eres mi rescatadora, ¿recuerdas?

Ella negó con la cabeza.

–Me has invitado a cenar. Y has ido a ver a Frank.

Y ella le había dado la primera noche de alegría en tres años, pensó Demetrios. Pero, por supuesto, no lo dijo.

–Estoy en deuda contigo, Anny Chamion –repitió él–. Si puedo hacer algo por ti, pídemelo.

Ella lo miró a los ojos, muda.

Él se sacó una tarjeta de visita del bolsillo, garabateó en el reverso su número de móvil y se la tendió.

–Sea lo que sea. Cuando sea. Sólo tienes que pedírmelo, ¿de acuerdo?

Anny asintió con los ojos muy abiertos. Unos ojos tan seductores...

–Buenas noches –dijo él con firmeza, como si quisiera convencerse a sí mismo de que debían separarse. Esperó a que Anny cerrara la puerta tras ella.

Entonces, Demetrios de dirigió de vuelta a las escaleras. Antes de llegar al primer escalón, la puerta se abrió detrás de él.

–¿Demetrios? –llamó ella con suavidad.

Él se quedó quieto. Y se giró.

–¿Qué?

Anny se acercó, tanto que él pudo oler su aroma a pastel de manzana y a champú de limón.

Ella levantó la vista y lo miró a los ojos.

–¿Cualquier cosa?

–¿Qué? –preguntó él, confundido.

–¿Dijiste que podía pedirte cualquier cosa?

–Sí.

–¿Puedo pedirte lo que sea?

–Sí –repitió él con seguridad.

–Hagamos el amor.

Capítulo 3

ANNY no podía creer que hubiera dicho esas palabras en voz alta.

Aunque las sentía. Y esperaba que se hicieran realidad.

¿Pero cómo se había atrevido a pedirle a Demetrios Savas que le hiciera el amor?

¡No era posible!

Al instante, Anny se arrepintió y deseó poder dar marcha atrás. Se sonrojó. Se quedó aturdida al comprender lo que había hecho.

¿Qué mosca la había picado? Una princesa no hablaba de esa manera. Sin duda, todos sus antepasados se estarían revolviendo en sus tumbas por lo que acababa de hacer.

—Lo siento. No quería decir... —balbuceó ella y comenzó a apartarse.

Pero Demetrios le agarró la mano.

—¿No querías decir...?

—No... no debí haberlo dicho.

—Vas a casarte —dijo él en voz baja.

—Sí —asintió ella, tragando saliva.

—¿Y quieres tener una aventura pasajera y superficial conmigo antes de casarte?

—No sería una aventura superficial. Para mí, no.

—¿Por qué? ¿Porque tenías mi póster en tu pared?

¿Porque soy una estrella de cine y crees que quedaría bien en tu lista de conquistas? –le espetó él, furioso.

–¡No! No es... por ti –negó Anny, intentando poner en palabras el sentimiento que había estado creciendo dentro de ella durante toda la noche–. En realidad, no.

–¿No? De acuerdo. Entonces, ¿por qué es?

–Es por lo que me has hecho recordar –admitió ella y respiró hondo.

–¿Y de qué se trata? –preguntó él y se apoyó en la pared, listo para escuchar.

–Es... complicado –balbuceó ella y suspiró–. Y no... no puedo explicártelo aquí en medio del pasillo. No quiero molestar a mis vecinos a estas horas de la noche.

–Pues invítame a pasar.

Eso era lo que acababa de hacer, ¿o no?, pensó Anny. Ella se encogió de hombros y lo guió a su puerta de nuevo. Señaló a un sofá.

–Siéntate. ¿Quieres una taza da café?

–No creo que ninguno de los dos queramos café, Anny –rezongó él.

–No.

Era cierto. Anny lo deseaba y mucho, aunque él pareciera una pantera encerrada dando vueltas por la habitación. Al fin, Demetrios decidió estarse quieto y se sentó en el sofá.

Anny no se atrevió a sentarse en el sofá a su lado. Prefirió el sillón que había junto al balcón. Se sentó y agachó la cabeza, intentando pensar qué decir. Cuando levantó la vista hacia él, supo al instante que la única escapatoria que tenía era decir la verdad.

–No me caso por amor –afirmó ella llanamente.

–El amor suele sobreestimarse –repuso él con tono amargo.

Anny se quedó mirándolo, sorprendida. ¿Era ése el hombre que había formado la pareja del año con su esposa?

–Pero tú...

–No estamos hablando de mí, ¿recuerdas? –la interrumpió él.

–No. Tienes razón. Soy yo quien... te pidió... –murmuró ella y bajó la mirada un momento–. Sólo estaba recordando quién solía ser... mis sueños y mis esperanzas, mis ideales de juventud –explicó e hizo una pausa, rezando porque él la comprendiera–. Hoy, cuando te vi, recordé a esa chica que era yo. Y esta noche, bueno, me sentí como si hubiera vuelto a ser la de antes. ¡Tú me hiciste recordarlo!

Anny se sintió como una idiota y esperó que él se riera en su cara. Pero Demetrios no se rió. Ni dijo nada durante largo rato. Su expresión era inescrutable.

–¿Pretendías recuperar los ideales de tu juventud? –preguntó él al fin, intrigado.

Con reticencia, Anny asintió.

–Sí. Entonces, cuando me dijiste que harías por mí cualquier cosa... Recordé esos sueños y cómo había renunciado a ellos. Y sólo quise... abrazarlos una última vez antes... antes... –titubeó ella y se encogió de hombros–. Ahora suena estúpido. No pretendía ponerte en un aprieto. Pero esta noche ha sido como sacada de un cuento de hadas –continuó y se sonrojó–. Y sólo quería...

Demetrios se inclinó hacia delante, apoyando los codos en las rodillas.

–¿Entonces por qué vas a casarte con él?

–Tengo... razones –respondió ella. Podría explicárselas, pero eso significaría confesar su identidad. Y no quería que Demetrios la creyera una princesita malcriada que siempre quería salirse con la suya. Por esa noche, quería ser nada más una mujer. No la hija de su padre. Ni una princesa. Sólo Anny.

−¿Buenas razones?

Ella asintió despacio.

−¿Y el amor no es una de ellas?

−Tal vez, llegará con el tiempo −opinó ella con tono esperanzado−. Quizá, no le he dado la oportunidad de conocerme. Él es un poco mayor que yo. Es viudo. Su primera esposa murió. Él... él la amaba.

−Mejor que mejor −señaló Demetrios con amargura.

−Ésa es otra de las razones por la que te lo he pedido −admitió ella−. Pensé que si pasaba esta noche contigo... y él no llegaba a quererme nunca... al menos, yo... habría tenido esto. Es sólo una noche. Sin ataduras. Sin obligaciones. No espero nada más −añadió, intentando convencerlo.

Demetrios se quedó en silencio.

Pasaron segundos. Minutos. ¿Cómo era posible que la noche más maravillosa hubiera acabado convirtiéndose en una pesadilla?, se dijo ella. Afuera, se oyó un coche que pasaba por la calle. El reloj de pared dio la hora. Al fin, él tomó aliento.

−Bien, Anny Chamion −dijo Demetrios, se puso en pie y se acercó hasta ella para tenderle la mano−. Hagámoslo.

Anny se quedó mirándolo embobada.

Miró su mano extendida. Luego, posó la vista en su ancho pecho, en su mandíbula con barba incipiente, en su apetitosa boca, en sus impresionantes ojos verdes, más brillantes que nunca. Y tragó saliva.

−A menos que hayas cambiado de idea −añadió él, al ver que ella no se movía.

Pero Anny no iba a cambiar de idea. Después de toda una vida llena de obligaciones y responsabilidades y ante la perspectiva de un matrimonio sin amor, necesitaba con desesperación otra cosa. Algo que la ayudara a sobrellevar su futuro, que le hiciera recordar la pasión y la felicidad en las que había creído de niña.

Necesitaba algo a lo que agarrarse.

Sería su secreto.

Así que tomó la mano de Demetrios. Se puso en pie y se lanzó a sus brazos.

—No he cambiado de idea.

Cuando ella se deslizó entre sus brazos, Demetrios se sintió en la gloria. Era como la bendición de sumergirse en el agua después de un día abrasador. Era algo hermoso.

Sintió cómo su cuerpo despertaba de un largo letargo, mientras Anny le ofrecía sus labios.

Demetrios la besó. Primero, con suavidad, probándola poco a poco.

En el pasado, se había entregado a los besos traidores de Lissa. Pero ella no era Lissa. Sus besos no eran experimentados. Y sus labios eran infinitamente suaves. Dulces.

Demetrios bebió de esa dulzura. Se tomó su tiempo, disfrutando de cada sensación, recordando cómo era besar con esperanza, con alegría y con algo parecido a la inocencia.

Eso era lo que iban a darse el uno al otro esa noche... un recordatorio de lo que habían sido en su juventud. Un recordatorio de sus sueños, ideales y esperanzas.

Demetrios ya no tenía esperanzas. Lissa las había aplastado y enterrado. Pero, en ese momento, al besar a Anny, recordó los tiempos en que había sido joven y lleno de sueños.

Era una sensación muy poderosa y seductora. ¿Por qué no disfrutar de ella sin más?

¿Por qué no rendirse al placer de estar con esa mujer, que sabía a pastel de manzana y a sol, a limón y a vino tinto, a algo embriagador y especiado, algo que él no había probado nunca?

Demetrios profundizó su besó, intentando descubrir más sobre ella, sobre su sabor. Sus lenguas se acariciaron.

En ese instante, el cuerpo de él respondió con una pasión inesperada.

Su cuerpo sabía muy bien lo que quería.

Quería tener a Anny. Sin demoras.

Pero, por mucho que deseara llevarla a la cama, no quería reducirlo todo a un ejercicio de rápida gratificación sexual.

Había comprendido las razones de Anny y, si aquella noche iba a quedarse en su memoria, quería que fuera un buen recuerdo.

Por eso, Demetrios respiró hondo y se dijo que debía tomarse su tiempo. Le recorrió los brazos con las manos, le acarició la espalda.

Era una mujer suave y cálida. Y llevaba demasiada ropa.

Demetrios fue quitándole las ropas muy despacio, deleitándose a cada paso. Primero, le quitó la chaqueta, deslizándola con lentitud por sus brazos. Deslizó los dedos debajo de su blusa y le acarició la piel, más sedosa que la seda.

La besó en el cuello. Y le acarició por debajo del

sujetador. Luego, le rozó los pezones con los dedos y sonrió cuando la respiración de ella se aceleró.

Demetrios apartó la cara para observarla. Ella lo miró con la boca abierta y él no pudo resistirse y se inclinó para besarla en los labios.

En esa ocasión, fue Anny quien aventuró la lengua en la boca de él primero. Y el cuerpo de él respondió al instante. Demetrios deseó arrancarle las ropas y penetrarla con toda la fuerza y velocidad que fuera capaz. Pero se contuvo.

—¿Dónde tienes la cama, Anny Chamion? —murmuró él.

Ella sonrió y le recorrió los labios con la lengua antes de darle la mano.

—Por aquí.

Anny se había atrevido a hacer lo que no debía... no en busca de un final feliz, sino por disfrutar de la belleza de una sola noche.

Sería una noche que recordar para siempre. Una noche que guardaría como un tesoro cuando estuviera rodeada de obligaciones reales, atrapada en un matrimonio sin amor, sin pasión.

Sí, había una pequeña posibilidad de que Gerald la amara igual que había amado a Ofelia. Pero, en el fondo, Anny sabía que eso no iba a suceder nunca.

Gerald había tenido tiempo más que de sobra para enamorarse de ella. Había tenido años. Y ella, también. Pero no había sido así.

Y Anny quería conocer el amor, aunque sólo fuera una vez. No pedía amor eterno. Sólo una noche... con Demetrios Savas.

Hacer el amor con él no podría equipararse al profundo amor que Gerald había sentido por Ofelia. Anny lo sabía. Además de una conversación agradable, Demetrios y ella no tenían nada en común.

Pero, desde que él la había sacado del hotel esa mañana, se había creído protagonista de un cuento encantado en el que todo había parecido posible.

Era como si el destino lo hubiera puesto en su camino por una razón.

Y ésa era la razón, se dijo Anny, tumbándose junto a él en la cama.

Ella no era una amante experimentada. Se ponía rígida cada vez que Gerald le pasaba el brazo por la cintura o la besaba en los labios. Pero, cuando Demetrios la besaba, se derretía.

En ese momento, Demetrios le acarició debajo de la blusa y la besó con suavidad bajo el sujetador de encaje.

Con un rápido movimiento, él le quitó la blusa por encima de la cabeza. Anny pensó en la cantidad de mujeres a las que habría desnudado, mujeres hermosas y mucho más experimentadas que ella.

Sin embargo, él parecía concentrado sólo en ella. Y Anny se sintió como la única mujer en el mundo.

Demetrios le recorrió el torso con dedos ligeramente temblorosos. Luego, le desabrochó el sujetador, se arrodilló a su lado en la cama y le besó los hombros desnudos, bajando hasta sus pechos. Sentir su boca sobre la piel era lo más erótico que Anny había experimentado nunca. Ella le apretó los brazos.

Mientras la besaba, Anny inspiró y se dejó inundar por el olor de su pelo, a mar y a pino, esperando no olvidarlo nunca.

Demetrios comenzó a bajar hacia su vientre. Cuando

deslizó los dedos debajo de la cintura de la falda, Anny contuvo el aliento y meneó la cabeza.

Él levantó la cara, todo despeinado, frunciendo el ceño.

–¿No?

–Sí –lo tranquilizó ella–. Pero no quiero ser... la única que está desnuda –se aventuró a añadir, sin saber si estaba siendo demasiado atrevida. Lo sabía todo sobre protocolo real, pero nada sobre qué hacer en la cama.

Demetrios sonrió, se sentó sobre los talones y dejó caer las manos.

–Soy todo tuyo.

Anny tragó saliva. Luego, se incorporó contra el cabecero. Alargó las manos y comenzó a desabotonarle la camisa.

Con las puntas de los dedos, le acarició el pecho desnudo, cubierto de vello rizado hasta la cintura.

Él apretó la mandíbula, observándola con atención. Tragó saliva, como si estuviera conteniéndose para no moverse.

–¿Estás bien? –preguntó ella, preocupada.

–Oh, sí. Más que bien –repuso él y se terminó de quitar la camisa con un solo movimiento.

De forma instintiva, Anny acercó la cara y posó los labios en su pecho. Lo besó, sintiendo el calor de su piel. Poco a poco, fue subiendo, besándolo en los hombros, en el cuello, la mandíbula. Le mordisqueó el lóbulo de la oreja, haciéndolo estremecer.

Anny sonrió excitada al comprender que la deseaba tanto como ella a él.

Al instante, Demetrios la tumbó en la cama de nuevo y le quitó los pantalones de lino. La recorrió con la mirada, pero Anny no tuvo vergüenza. Sólo sentía deseo.

En cuestión de segundos, Demetrios se quedó desnudo también y se colocó entre las piernas de ella.

Lissa había sido una amante experimentada. Pero a él no le había hecho demasiada gracia saber que había conseguido su experiencia acostándose con docenas de hombres. Sin embargo, por la forma en que Anny lo tocaba, Demetrios se dio cuenta de que ella no era muy experta.

Con sus tímidas y suaves caricias, Anny le había hecho sentir de nuevo, arder de deseo de una manera hacía mucho tiempo olvidada. Los dos estaban reviviendo su adolescencia, pensó él, mientras le recorría el muslo con las manos.

Anny se estremeció. Él, también.

Ella le posó una mano sobre el pecho y comenzó a bajar. Cuando, con suavidad, le rozó su erección, él se quedó casi sin aliento.

–Ten cuidado –advirtió él con voz temblorosa–. Está muy ansiosa esta noche. Hace mucho tiempo que...

–¡Oh! Lo siento –se disculpó ella y apartó la mano al instante, abriendo los ojos como platos–. No pretendía... No debí...

Demetrios le sujetó la mano, llevándola al mismo sitio.

–No pasa nada –aseguró él–. Lo estoy deseando.

Pero Anny no parecía convencida.

–No pensaba que...

–No es momento de pensar.

Él la despojó de sus braguitas y se quitó los calzoncillos. Ella observó su erección y tragó saliva. Luego, lo acarició.

–Espera –rogó él y buscó un preservativo en la cartera que llevaba en los pantalones. Con dedos apresurados, se lo puso y se colocó entre las piernas de Anny.

Demetrios deseaba penetrarla sin más, perderse en su calor y su suavidad. Pero sabía que debía obligarse a ir despacio. Hundió los dedos entre sus muslos y observó cómo ella abría mucho los ojos y se quedaba sin respiración.

Estaba húmeda, preparada, moviéndose contra su mano. Su respiración era rápida y jadeante. La de él, también. Se moría de deseo, pero aun así, se contuvo un poco más.

—¡Sí! ¡Ahora! —suplicó ella—. Necesito...

—¿Qué necesitas? —preguntó Demetrios, sin aliento.

—¡Te necesito a ti!

Demetrios no pudo seguir conteniéndose y se sumergió dentro de ella. Anny se puso rígida y soltó un grito.

Él se quedó petrificado. ¡No era posible! ¿Era virgen? ¿Por qué diablos le había entregado su virginidad a él?

No tenía sentido, pensó. Pero el deseo era demasiado fuerte.

Anny se movió un poco, acomodándolo en su interior, y lo envolvió con sus piernas, abriéndose a él.

Demetrios gimió. Debía de haberse equivocado, se dijo. No podía ser virgen. De todos modos, se movió despacio, con cuidado.

—Está bien —aseguró Anny entre dientes, animándolo—. Todo está bien.

—¿Estás segura? ¿No eres...? Pensé que eras...

Pero Anny empezó a moverse debajo de él, seduciéndolo con su cuerpo, volviéndolo loco. Sin remedio, Demetrios se dejó llevar hasta llegar al clímax.

—¡Oh! —dijo ella.

—¿Oh? —preguntó él, levantando la cabeza para mirarla.

–Ha sido... maravilloso –dijo ella, sonriendo.

–No ha sido maravilloso –repuso él con tono abrupto.

La sonrisa de Anny se desvaneció.

–Lo siento. Pensé que habías...

–Sí, yo, sí. Y ha sido increíble para mí –le aseguró él–. Pero eso no justifica mi falta de autocontrol.

Ella sonrió y le acarició un brazo.

–Me ha gustado... tu falta de autocontrol.

–No entiendo por qué –murmuró él, sin comprender nada.

–Porque... porque... –balbuceó Anny, incapaz de explicarlo. Para ella, había sido bastante saber que él la había deseado tanto como para perderse en ella–. Me has hecho feliz.

–¿Sí? –preguntó él, sin poder creerlo–. Pues te voy a hacer más feliz.

Y eso fue lo que empezó a hacer Demetrios. Si su primer encuentro había sido corto y desesperado, Demetrios comenzó a demostrar en el segundo toda su destreza. La besó, tomándose su tiempo, disfrutando de sus gemidos de placer.

Ella era perfecta, inocente, hermosa y sensible. Y Demetrios estaba decidido a dejarle un buen recuerdo.

Cuando le hizo el amor, él pensó en la joven que ella habría sido y deseó haberla conocido entonces.

Mientras Demetrios se deleitaba en darle placer, ella llegó al clímax y, al instante, él la siguió, enterrado en su cuerpo.

Hacer el amor con Demetrios era todo con lo que Anny había soñado. Y más. Era tan perfecto como la noche de Cenicienta en el baile.

Quería llorar y, al mismo tiempo, nunca se había sentido tan feliz en toda su vida. Era una sensación demasiado maravillosa. Pero no podía durar.

Ella lo había elegido de forma consciente. Era lo que había querido, sólo algo que recordar.

Bueno, pues nunca olvidaría esa noche. La saborearía cientos, miles de veces. Durante toda la vida.

En ese momento, tumbada bajo Demetrios, acariciándole la espalda húmeda por el sudor, intentó memorizar cada sensación: el sonido de la respiración de él, el peso de su cuerpo, el contacto de sus piernas velludas, su aroma a mar, la barba incipiente de sus mejillas.

No tenía ninguna prisa por apartarse de él.

Y, cuando él se apartó, una terrible sensación de pérdida la poseyó. Quiso aferrarle a él, suplicarle más.

Pero no lo hizo. Había tenido lo que había pedido. Él le había ofrecido la noche más memorable de su vida. Debía estar agradecida y satisfecha, se dijo.

—Gracias —murmuró ella.

Demetrios la miró sorprendido. Esbozó una sonrisa de medio lado.

—Creo que soy yo quien debería darte las gracias.

A pesar de la seriedad de él, Anny se alegró porque hubiera disfrutado también haciendo el amor con ella.

—Me has dado algo muy hermoso que recordar —le aseguró ella.

—Bien —repuso él tras un momento.

Demetrios no se movió. Anny, tampoco. Se miraron el uno al otro. Ella se avergonzó de pronto. No tenía ni idea de cómo debía ponerle fin a su encuentro.

—Debería irme —dijo Demetrios.

Ella no se lo impidió. Se quedó en la cama, viendo cómo se vestía, sin parpadear para no perderse nada.

Demetrios no volvió a hablar hasta que se hubo vestido. Entonces, la miró a los ojos.

–Tal vez deberías replantearte tu boda.

Anny no respondió. No quería estropear el momento pensando en el futuro. En silencio, se levantó de la cama y se embutió en su bata. Se acercó a él y le tomó las manos.

–Gracias –repitió ella, ignorando el comentario de él.

Demetrios abrió la boca, como si fuera a decir algo, pero la cerró de nuevo y meneó la cabeza.

–Es tu vida.

–Sí –asintió ella, obligándose a sonreír.

Cuando llegó al hotel, Demetrios se tumbó en la cama, mirando al techo. No estaba seguro de qué pensar.

Sólo una cosa estaba clara: las mujeres eran los seres más confusos del mundo.

No debía sorprenderle, después de haber estado casado con Lissa, se dijo él. Pero Anny parecía por completo distinta. Para empezar, parecía más cuerda.

De todos modos, cuando habían estado cenando, ni se le había pasado por la cabeza que ella hubiera estado pensando en llevarlo a la cama.

Pero, cuando Anny se lo había explicado, él lo había comprendido. Él también había echado de menos los viejos tiempos, en los que había tenido sueños y esperanzas.

Sin embargo, había dejado de creer en el amor. Y

no buscaba una relación seria. Ya lo había intentado con Lissa. Y había fracasado.

Nunca más tropezaría con la misma piedra. Jamás. Nada de esperanzas. Ni de sueños. Ni de promesas de un final feliz.

Para colmo, ¡ella iba a casarse! Eso sí que era difícil de entender. ¿Qué diablos impulsaba a una joven hermosa e inteligente a casarse por obligación?

Lo que sí podía comprender era que alguien quisiera casarse con ella. Cualquier hombre que creyera en el matrimonio querría casarse con una mujer como Anny.

Sin embargo, si él hubiera sido su prometido, estaba seguro de que no habría dejado que ella se sintiera tan desesperada como para invitar a otro hombre a su cama.

Por otra parte, ella no parecía muy habituada a hacer el amor.

Demetrios juraría que Anny había sido virgen. Pero eso no tenía sentido. Ojalá pudiera comprenderlo.

¿Se casaría Anny por dinero?

Fueran cuales fueran sus razones, Anny no se casaba por voluntad propia. ¿Por qué iba a hacerlo entonces?

¡Debía parar de pensar en eso!, se reprendió a sí mismo. No era su problema.

Demetrios había hecho lo que le había pedido. Le había hecho el amor y le había dado algo que recordar.

Y, muy a su pesar, él también lo recordaba. Todavía podía verla con sus ojos brillantes, sonriente, dulce y serena, apasionada y sensible.

Eran recuerdos mucho más agradables que los que tenía de Lissa.

Debería relajarse, se dijo. Su cuerpo estaba saciado. Pero su mente no dejaba de revivir lo que había pasado esa noche.

Demetrios dio vueltas y más vueltas en la cama. Al fin, dejó de intentar dormir, se levantó y abrió la ventana que daba al mar.

No pensaba preocuparse por ninguna mujer nunca más, se prometió a sí mismo. Ni siquiera por la sonriente y radiante Anny Chamion y su matrimonio sin amor.

Eran casi las cinco.

Demetrios había quedado para desayunar a las ocho de la mañana con Rollo Mikkelsen, encargado de la distribución de Estudios Starlight. Necesitaba tener la mente despejada. No necesitaba seguir pensando en Anny Chamion.

Entonces, decidió que, si corría un poco, conseguiría relajarse. Se puso unos pantalones de chándal y una camiseta y salió del hotel. La mañana era fresca. Las calles estaban vacías. Pronto, se llenarían de gente y de actividad.

Después de su cita con Rollo, Demetrios tendría más reuniones. Había quedado para comer con un productor con el que le gustaría trabajar. Y, por la tarde, se proyectaría su película.

Después de eso, iría a ver a Frank. Tenía la tentación de invitarle a ver la película, pero no era de acción y lo más probable era que no le gustara. Era, más bien, un drama, lo único que había podido escribir después de la muerte de Lissa.

No era una película adecuada para un adolescente que tenía toda la vida por delante, reflexionó. No. Mejor, iría a ver a Frank después de la proyección.

¿Estaría Anny en la clínica?

Eso no debía importarle, se dijo. Lo suyo no había sido más que una aventura de una noche.

Había terminado y debía seguir con su vida.

Capítulo 4

ANNY no volvió a ver a Demetrios.

En los siguientes diez días, fue a la clínica, compró comida, trabajó en su tesis y fue a ver un par de proyecciones en el Palais du Festival. Y, durante todo el tiempo, no pudo evitar estar alerta, por si veía al hombre alto y moreno que tan sorprendentemente había conocido.

Demetrios había vuelto a la clínica. Ella lo sabía porque Frank se lo había contado. Y no sólo una vez, sino varias.

El día anterior, Demetrios había pedido una silla de ruedas y había llevado a Frank al puerto.

—¿Una silla de ruedas? ¿Has ido al puerto? —preguntó Anny sin dar crédito. Ella nunca había conseguido llevar a Frank a ninguna parte, pues el joven se había avergonzado demasiado de su estado como para salir—. ¿Para qué?

—Fuimos a navegar.

Ella se quedó boquiabierta.

—En el barco de su hermano.

Frank le contó cómo había sido su día con Demetrios y con su hermano Theo, con ojos radiantes de felicidad.

—¿No te lo ha contado Demetrios? —quiso saber Frank.

–No lo he visto.

–Deberías venir por la mañana. Siempre viene antes de comer.

Claro. Porque él sabía que ella iba por las tardes, pensó Anny. Si Demetrios hubiera querido verla, podría haberlo hecho. Sabía dónde vivía.

Pero su encuentro había sido pasajero, se recordó a sí misma. Y era mejor que no se vieran más.

Además, el festival se había acabado. Anny estaba segura de que Demetrios se habría ido ya. Había conseguido lo que se había propuesto. En las noticias, habían informado de que había conseguido un distribuidor para su nueva película y financiación para su siguiente proyecto.

Anny se alegraba por él. Casi deseaba haberlo visto para poder habérselo dicho en persona. ¿Pero qué habría conseguido con ello? Habría sido una situación embarazosa. Incluso él podía haber pensado que lo estaba acosando.

No. Anny ya había vivido su cuento personal de hadas con Demetrios Savas. Y eso debía ser suficiente.

Después de comer, Gerald la llamó.

–Esta noche vamos a dar una fiesta en el yate real –anunció Gerald.

A Anny no le entusiasmaba la idea de verlo. Pero se había propuesto cumplir con su destino con toda la elegancia y aceptación posibles.

Gerald era un buen hombre, un tipo amable. Sin embargo, Anny apenas había pensado en él después de su encuentro con Demetrios.

–Es una fiesta para atraer a las compañías de cine, ya sabes. Traen muchos beneficios a nuestra economía.

–Sí, claro.

–Y, como ya he terminado lo que tenía que hacer en Toronto, podré asistir –indicó Gerald–. Será una oportunidad excelente para que tú y yo hagamos de anfitriones.

–¿Estás seguro? –preguntó ella con reticencia–. No estamos casados.

–Todavía, no. Pero lo estaremos pronto. Quería hablarte de eso también, Adriana.

–¿De qué?

–De la fecha de nuestra boda.

–Pensé que habíamos acordado esperar a que terminara el doctorado.

–Sí, pero debemos ir haciendo planes.

–Lo sé. Tendremos tiempo para eso...

–Sí –la interrumpió Gerald de buen humor–. Esta noche, después de la fiesta.

–Pero...

–Hace mucho tiempo que no nos vemos, Adriana. Te he echado de menos.

–Yo... –comenzó a decir ella y tragó saliva–. También te he echado de menos.

–¿Estás disgustada porque no he estado allí la semana pasada? –quiso saber él, notando el tono distante de ella.

–No. Yo...

–Lo siento. A menudo, el deber me impide hacer lo que quiero –explicó él–. Tú debes entenderlo mejor que nadie.

–Sí.

–Pero ahora estoy aquí. Y tengo muchas ganas de verte esta noche. Iré a buscarte a las ocho –dijo él y colgó.

Gerald tenía la misma habilidad para mandar que

su padre, pensó Anny. De todos modos, ¿qué podría haber objetado ella?

—Su Alteza lamenta no poder venir en persona —anunció el chófer e hizo una reverencia antes de ayudar a Anny a subir al coche—. Está en una cena y la espera en el yate.

En vez de molestarse, Anny se sintió aliviada por no tener que estar a solas en el coche con su prometido. Con Gerald, la conversación siempre era correcta y educada. Habrían hablado de cosas superficiales: del tiempo, de su viaje a Toronto, de los últimos capítulos de la tesis de ella. Y de su boda.

—Está bien. Gracias —repuso ella al chófer con una sonrisa.

Anny se acomodó en el silencio del asiento trasero. Se alegraba de poder estar a solas con sus pensamientos durante el viaje de camino al puerto. Así, tendría tiempo para mentalizarse de que debía comportarse como se esperaba de la princesa de Mont Chamion.

Sin embargo, cuando el coche se fue acercando al puerto, Anny se distrajo mirando los yates y los veleros, imaginando a Demetrios y a su hermano allí con Frank. Se preguntó cuál de ellos sería el barco de Theo.

Por supuesto, lo más probable era que el hermano de Demetrios se hubiera ido con su barco. Además, no debía pensar en eso, se reprendió a sí misma. La noche que había pasado con Demetrios debía ser sólo un hermoso recuerdo, no una distracción de sus obligaciones. De todas maneras, no conseguía sacarse de la cabeza la imagen de Demetrios haciéndole el amor.

—Vete —murmuró ella.

–¿Cómo dice, Alteza? –preguntó el chófer, mirando por el espejo retrovisor.

–Nada –repuso Anny y se apretó la frente con las manos. Cada vez le dolía más la cabeza–. Sólo estaba pensando en voz alta.

Y tenía que dejar de hacerlo, se dijo ella.

Una pequeña lancha la llevó hasta el yate real. Antes de subir, Anny vio a los sirvientes moviéndose por cubierta. Escuchó música en directo. Tal vez, Gerald y ella conseguirían encontrar el amor juntos. Eso le había pasado a su padre y a su madre, se recordó a sí misma. Su matrimonio había sido planeado por los padres de sus padres y había salido de maravilla.

Con determinación, Anny levantó la cabeza y se obligó a sonreír.

–Ah. Estupendo. Por fin has llegado –dijo Gerald desde cubierta.

Gerald esperó a que ella subiera y le dio la mano para ayudarla. Luego, recorrió con la mirada el vestido azul que ella había elegido, sonrió con gesto apreciativo y la besó en ambas mejillas.

Entonces, para sorpresa de Anny, Gerald la abrazó con suavidad.

–Me alegro de verte de nuevo, querida.

Parecía sincero, pensó Anny. Gerald era un hombre encantador. Amable, gentil, capaz de amar. Después de todo, había querido con todo su corazón a su primera esposa.

–Gerald –saludó ella con calidez.

–Siento no haber podido ir a recogerte en persona, pero había quedado para cenar con Rollo Mikkelsen. Ven. Quiero que lo conozcas. Rollo es el director de Estudios Starlight. Está interesado en realizar proyectos futuros en Val de Comesque.

–Qué buena noticia –comentó ella, sonriendo.

–Sí –afirmó Gerald y abrió la puerta del salón principal, donde la cena había terminado y los invitados estaban charlando en pequeños grupos–. Rollo –llamó y se acercó con Anny al grupo más cercano–. Quiero presentarte a mi prometida.

Todos se giraron. Gerald le pasó a ella un brazo por la cintura.

–Su Alteza Real, la princesa Adriana de Mont Chamion –presentó Gerald–. Éste es Rollo Mikkelsen, director de Estudios Starlight.

El otro hombre le dio la mano.

Anny no lo vio. Todo se puso borroso para ella. Se le aceleró el corazón.

–Encantada, señor Mikkelsen –consiguió murmurar ella.

–Y Daniel Guzmán Alonso, el productor –indicó Gerald, presentándole al siguiente invitado.

–Señor Guzmán Alonso, es un placer conocerlo –dijo ella, notando un pitido en los oídos.

–Y éste es Demetrios Savas, a quien seguro que reconoces –señaló Gerald con buen humor–. Rollo va a distribuir su última película.

Los otros hombres eran borrones para Anny. La única figura que podía distinguir era la de Demetrios, alto, fuerte e imponente. Y, a juzgar por el brillo de sus ojos, estaba entre furioso y sorprendido. La miró con expresión acusadora.

Anny se quedó sin respiración. Pero no fue capaz de apartar la vista de él, devorándolo con los ojos. ¿Cómo había podido pensar que una sola noche con él sería suficiente?

–Señor Savas –saludó ella y le tendió la mano fingiendo calma.

–Alteza –dijo él entre dientes, estrechándosela con fuerza.

¿Una princesa?

¿Anny Chamion era una princesa?

El príncipe heredero de Val de Comesque les había informado de que su prometida aparecería más tarde.

Y allí estaba ella, con aspecto sereno y elegante, como el de una princesa.

¿Sería Gerald el viudo mayor del que ella había hablado?

Demetrios apretó la mano. Ella intentó soltarse y él tardó un momento en darse cuenta de lo que estaba haciendo. Mirándola a los ojos, la soltó de forma abrupta, dio un paso atrás y se metió las manos en los bolsillos. Era mejor eso que estrangularla.

Pero Anny ni lo estaba mirando. Sonreía a Rollo Mikkelsen y charlaba con él con voz melódica, calmada y segura... ¡como si no estuviera delante del hombre con quien se iba a casar y del hombre con el que se había ido a la cama!

¡Y él que había creído que Lissa había sido la mayor mentirosa de todas!

–Disculpen. Tengo que hablar con alguien –se excusó Demetrios de forma abrupta y salió de la habitación a toda velocidad.

Al salir a cubierta, Demetrios se topó con alguien que conocía. Mona Tremayne estaba sola, contemplando la puesta de sol. Él se acercó, dispuesto a escucharle hablar de lo maravillosa que era su hija Rhiannon, si hacía falta. Era mejor eso que quedarse delante de la encantadora princesa Adriana y su prometido.

Mona se alegró de verlo. Lo besó en ambas mejillas.

–Es un placer verte, muchacho. Me alegro de que hayas vuelto a la vida. Te hemos echado de menos.

–Gracias –repuso él y sonrió, conteniéndose para no mirar hacia el salón. Se esforzó por concentrarse en Mona, una actriz a la que admiraba y con la que quería trabajar en su próxima película–. ¿Significa eso que puedo proponerte algo?

–¿Quieres casarte con mi hija? –bromeó Mona con una carcajada.

–Ya no me caso más, Mona –afirmó él con sinceridad, riendo también.

–No me sorprende –señaló ella, diciéndole con los ojos que lo comprendía, y sonrió–. Bueno, si cambias de opinión, tienes una fan en mi familia. Más de una.

–Gracias –dijo él sonriendo.

Mona miró hacia el mar, apoyada en la barandilla. Luego, posó los ojos en él de nuevo.

–Bueno, a ver esa propuesta. Te escucho.

Demetrios llevaba toda la semana esperando la oportunidad de tener a Mona a su disposición, sin su hija cerca.

En ese momento, Gerald y Anny salieron a cubierta. Demetrios volvió la cabeza hacia ella y se quedó en blanco. Lo único que quería era agarrarla por los hombros y obligarle a explicar por qué no le había dicho quién era.

Estaba furioso. Y no se enteró de lo que Mona le estaba respondiendo a su propuesta de hacer una película juntos.

–... creo que saltaré por la borda –terminó de decir Mona y lo miró resplandeciente.

–¿Cómo?

–Oh, querido –dijo Mona y le dio una palmada en

la espalda–. Es mejor que hablemos en otro momento, cuando puedas concentrarte.

–Estoy concentrado.

Pero lo cierto era que estaba concentrado sólo en Anny, en el sonido de su voz y su melodiosa risa. Oyó a Gerald también. Estaban hablando en francés. Y parecían felices. ¿Sería ella feliz?

–Pero, si me ahogo, no podría salir en tu película, ¿verdad? –dijo Mona.

Él la miró sin comprender.

Mona rió.

–No te preocupes, querido. Hablaremos en otro momento. Voy a buscar una bebida.

–Yo te traeré una –se ofreció Demetrios.

–No, muchachito. Estoy bien. Quédate aquí y entretén a los príncipes –replicó Mona antes de irse.

Demetrios se giró para protestar, pero se encontró de frente con Anny.

Ella tenía los ojos muy abiertos y su sonrisa no parecía tan serena.

–Demetrios.

–Alteza –dijo él con rigidez.

–Anny –le corrigió ella con voz suave.

–No lo creo –repuso él con dureza y se apoyó contra la barandilla.

–Anny. Ésa soy yo –insistió ella.

–De eso, nada –replicó él–. Podías habérmelo dicho –añadió y buscó a Gerald con la mirada. Pero el príncipe se había ido a la otra punta de cubierta, donde estaba hablando con Rollo.

–Sí –admitió ella–. Pero no quise. ¿Por qué iba a hacerlo?

–Porque, tal vez, a mí me habría gustado saberlo.

Un sexteto había empezado a tocar. El sonido del clarinete inundaba la cubierta.

–Te pedí que me hablaras de ti cuando te conocí.

–No era necesario que supieras eso.

–¡Me pediste que me acostara contigo!

Ella se sonrojó y miró a su alrededor, temiendo que alguien los oyera.

–¿No quieres que nadie lo sepa? ¿Temes que tu prometido descubra cómo eres?

–Yo no...

–¿Por qué vas a casarte con él? ¿Te obliga tu padre? ¿Se trata de una alianza entre países?

–Algo así.

–¡Anda ya! –le espetó él–. ¡Estamos en el siglo XXI!

–Pero es verdad.

–¿Así que tu padre te vendió al mejor postor?

–¡Claro que no! Sólo es un matrimonio... de conveniencia. Es bueno para nuestros países.

–¿Países? ¿De eso se trata? ¿Y qué pasa con las personas?

–Gerald es un hombre bueno –señaló ella, levantando la barbilla.

–A quien has traicionado acostándote conmigo –puntualizó él.

Anny abrió la boca, pero la cerró de nuevo. Estaba sonrojada, furiosa, indignada... y muy bella.

–Es obvio que cometí un error –afirmó ella, cruzándose de brazos–. Nunca debí haberte sugerido algo así. Fue...

–¿Qué? –preguntó Demetrios, intentando comprender qué pasaba por su hermosa cabecita.

–Nada. Olvídalo. No importa.

–¿Lo olvidarás tú también?

–Sí –dijo ella y bajó la mirada–. No.

Demetrios la observó con atención, sin saber qué pensar. Anny no parecía estar mintiendo.

—¿Te ha servido de algo?

Ella no respondió durante un largo instante. Al fin, se encogió de hombros.

—No lo sé —contestó Anny, sin mirarlo, con la cabeza gacha.

Demetrios seguía furioso. No sabía si estaba más molesto con ella o consigo mismo. Después de lo de Lissa, debía haber aprendido a no dejarse engañar, se dijo.

¿Y por qué Anny se dejaba manipular por su padre y su país? No era asunto suyo, se recordó a sí mismo. Debería darse media vuelta e irse. Sin embargo, sus pies se quedaron pegados al suelo.

Anny tenía la vista fija en el mar.

—Fascinante, ¿verdad? —comentó él, molesto porque ella siguiera sin mirarlo.

—Es hermoso —afirmó ella.

—Sí, parece sacado de un cuento de hadas —señaló él con tono burlón.

La brisa sopló en el pelo de ella y un aroma a limón y a mar envolvió a Demetrios. Él deseó poder tocarla, acariciarla.

—Yo no creo en cuentos de hadas —confesó ella con tono suave.

—Excepto por una noche.

—Lo siento. Pudiste haberte negado.

—Debí haberlo hecho —puntualizó él con la mandíbula apretada.

—Quiero darte las gracias por haber vuelto a visitar a Frank.

—No es necesario. No lo hice por ti —le espetó él.

—Lo sé. Pero, incluso así, significa mucho para él

–aseguró–. Y fue una idea brillante llevarlo a navegar. No puedo creer que consiguieras convencerlo para ello. Le encantó.

Demetrios no quería que le diera las gracias. Ni que le sonriera. Se encogió de hombros, irritado.

–Fue un placer hacerlo. Es un buen chico. Y muy listo. Tiene potencial.

–Sí –afirmó Anny, sonriendo un poco–. Estoy de acuerdo. Me temo que él no piensa lo mismo.

–Está enfadado. Es lógico, teniendo en cuenta lo que le ha pasado –opinó Demetrios–. Encontrará su camino –añadió, sin dejar de mirar hacia el mar–. Lo conseguirá con el apoyo de gente como tú.

–Y tú –dijo ella.

Demetrios meneó la cabeza.

–Yo me voy mañana por la mañana. Voy a llevar el barco de mi hermano a Santorini.

–Pero no te olvidarás de Frank –adivinó ella.

–No –reconoció él–. Seguiremos en contacto.

–Le gustará –señaló Anny, sonrió y se quedó callada, sin moverse.

Demetrios tampoco se movió. Ya no se sentía tan furioso.

–Pensé que ya te habrías ido. Has conseguido lo que querías, tu película ha tenido mucho éxito.

–Rollo va a distribuirla, sí. Y ha tenido buenas críticas.

–Estoy segura de que las merece.

–¿No la has visto?

–No. Yo... quería hacerlo. Pero quería que pensaras...

–¿Qué?

–Que... te estaba persiguiendo –afirmó y lo miró a los ojos.

Anny parecía sincera, pensó él. ¿Pero qué más daba? Princesa o no, ella no era parte de su vida, se recordó a sí mismo. Sin embargo, no pudo mantener la boca cerrada.

–Mira, Anny. No puedes casarte si no estás segura. Puede que Gerald sea un buen hombre, pero el matrimonio es... –comenzó a decir él y se interrumpió, pensando que no era la persona adecuada para dar consejos sobre el matrimonio.

–¿Es qué? –quiso saber ella.

–¡Es demasiado difícil como para aferrarse a esperanzas infundadas! –exclamó Demetrios, furioso. Pero no con ella, sino con Lissa.

Pero Anny no lo sabía. Lo miró con ojos como platos.

Demetrios la miró también. No debía preocuparse por esa mujer, se repitió a sí mismo. No era asunto suyo.

–¡Adriana! –llamó Gerald detrás de ellos.

–Tengo que irme –se excusó Anny.

–Claro –dijo Demetrios, asintiendo con aire distante.

Sin embargo, Anny siguió sin moverse. Sus miradas se entrelazaron.

–¡Adriana! –repitió Gerald.

Anny se giró para irse. Demetrios le sujetó la mano un momento.

–No eches tu vida a perder, princesa.

Demetrios se mantuvo alejado de ella durante el resto de la noche.

No tenía nada de raro, pensó Anny. Él se sentía engañado. Aunque ella no había tenido la intención de mentirle. Sólo había querido poder comportarse, por una vez, como la mujer que era, no como una princesa.

Pero no podía esperar que Demetrios lo comprendiera.

Él la evitaba, pero Anny no podía dejar de seguirlo con la mirada en todo momento.

Sin embargo, se suponía que debía ocuparse de los invitados. Y eso hizo. Charló con ellos, les prestó atención, siempre acompañada de Gerald.

Su padre estaría orgulloso, pensó Anny. Pero ella no lo estaba. Al final de la noche, cuando vio a Demetrios alejarse en la lancha, supo dónde estaba su corazón. Un doloroso vacío anidó en su pecho.

Su amor era imposible, se repitió a sí misma una y otra vez, mientras sonreía a los invitados que estaban hablando con ella.

En cuanto pudo, Anny se excusó y se dirigió sola a proa, para ver cómo la lancha con Demetrios se perdía en la distancia.

—¡Adriana! —llamó Gerald.

—Ya voy —repuso ella, tragando saliva.

En su mente, resonaron las palabras de Demetrios: «No eches a perder tu vida, princesa».

Capítulo 5

DEMETRIOS se levantó al amanecer. No había dormido bien. Se había ido a la cama con la determinación de no dedicarle ni un pensamiento a Su Alteza Real la princesa Adriana. Pero no había podido sacársela de la cabeza.

Después de Lissa, no había creído que nadie pudiera volver a romper sus defensas.

Se había permitido pasar una noche con Anny porque había tenido claro que sólo sería eso. Una noche sin ataduras. Y había querido creer que ella había sabido lo que había estado haciendo.

Sin embargo, Demetrios ya no lo creía. ¡Y no podía dejar de pensar en ella!

Aprovecharía el día y saldría temprano en el yate, se dijo. Cuanto antes dejara atrás Cannes, y a Su Alteza Real, mejor que mejor.

Demetrios dejó el hotel y se dirigió al puerto. La mañana estaba tranquila y silenciosa.

Poco a poco, la ciudad volvía a recuperar la normalidad después del festival. Demetrios también quería recuperar la normalidad. Aceleró el paso, ansioso por embarcar.

En el puerto, le esperaba el barco de Theo. Era un yate magnífico, de cuarenta pies de eslora y dos camarotes, uno delante y otro detrás, con espacio para Theo, su esposa y sus dos hijos.

Demetrios siempre había soñado con tener una familia, igual que Theo siempre se había comportado como un llanero solitario. Pero las cosas habían cambiado.

—Eres afortunado —había murmurado Demetrios, sintiendo un poco de envidia.

—Sí —había respondido Theo—. Por eso, no quiero perder tiempo navegando hasta Santorini, cuando Martha y los niños están allí ya. No quiero estar dos semanas sin ellos. ¿Querrías llevar tú el barco?

—Claro —había respondido Demetrios sin titubear.

La última vez que había navegado, había sido poco después de su boda, con Lissa. Pero había sido un desastre, uno de tantos en su breve matrimonio.

Ese viaje, sin embargo, no lo sería. No iba a ser fácil llevar el barco sin tripulación, pero él tenía mucha experiencia y muchas ganas de estar solo, después de la locura del festival.

Sin embargo, cuando Demetrios llegó al atracadero, se quedó petrificado. No podía creer lo que veía. Frunció el ceño, acercándose para comprobar si sus ojos lo engañaban.

Ella caminó hacia él también.

No llevaba el vestido azul de noche, ni el collar y pendientes de diamantes. No llevaba el sofisticado moño de la noche anterior. No parecía la princesa Adriana.

Tampoco parecía la mujer eficiente y profesional que había conocido en el Carlton hacía dos semanas.

Anny iba vestida con vaqueros y zapatillas de deporte, una camiseta de color claro y una sudadera amarrada a la cintura. Y el pelo recogido en una cola de caballo. Parecía una muchacha de quince años.

–¿Qué estás haciendo aquí? –preguntó él, molesto, con desconfianza.

–He venido a darte las gracias.

–¿Por qué? ¿Por acostarme contigo? Ha sido un placer Pero ni se te ocurra que puede repetirse.

–Lo sé –replicó ella con tono de impaciencia–. No he venido para eso.

–¿Entonces, por qué?

–Por darme valor –contestó ella, tras titubear un momento, mirándolo a los ojos.

Demetrios no presagió nada bueno. La miró con dureza y gruñó antes de pasar junto a ella. Lanzó su mochila a la cubierta y subió al yate.

Apenas un segundo después, Anny también subió. Él se giró de inmediato y se enfrentó a ella.

–¿Qué crees que estás haciendo?

–Quiero contarte lo que ha pasado.

Demetrios se cruzó de brazos y se apoyó en la barandilla de cubierta. No serviría de nada decirle que no quería saberlo, adivinó.

–Dime.

–Hablé... con Gerald. Después de la fiesta. Le dije que no me podía casar con él.

–¿Por qué? –preguntó Demetrios, atónito.

–¡Tú sabes por qué! –replicó ella, indignada–. Porque no lo amo. Porque él no me ama.

–¿Y? También lo sabías la semana pasada, cuando pensabas casarte con él.

–Lo sé, pero...

Demetrios no quería escucharlo. Se dio media vuelta y se dirigió a la cabina de mandos. Se frotó el cuello, tenso. Al fin, se giró y la miró a la cara.

–Eso no tiene nada que ver conmigo.

–Tú me diste valor.

Aquello era precisamente lo que él no había querido escuchar.

–No seas tonta.

–Tú me dijiste que no echara a perder mi vida.

–¡Pero no esperaba que fueras tan radical!

–Quizá fuera necesario.

Demetrios se pasó la mano por la cabeza. ¿Cómo era posible que ella hubiera seguido su estúpido consejo?

–¿Y cómo fue? ¿Esperaste a que todo el mundo se fuera y le dijiste, así sin más, que no ibas a casarte?

Anny se quedó un poco cohibida ante su tono agresivo, como si no entendiera cuál era el problema. Y claro que no lo entendía, reflexionó Demetrios, porque el problema era suyo, no de ella.

–No fue tan directo... –dijo ella al fin–. Pero se lo dije. Él quería hablar de la fecha y yo no me sentí capaz –explicó y meneó la cabeza–. No pude hacerlo.

–Pero no fue por mí, ¿verdad? –inquirió Demetrios tras un instante.

Ella frunció el ceño un momento. Y pareció comprender adónde quería él ir a parar.

–¿Quieres decir que si me di cuenta de pronto que prefería estar contigo? –preguntó ella y soltó una carcajada–. No soy tan presuntuosa.

–Bien –repuso él, malhumorado. Y aliviado por haberse equivocado en su suposición–. Me alegro por ti –añadió tras un silencio. Subió a la cabina de mandos y lanzó dentro su mochila.

–Sí –dijo ella–. Hice lo correcto –afirmó y respiró hondo–. De hecho, me siento genial.

Demetrios podía imaginarlo. Sin duda, él se habría sentido así también si no se hubiera casado con Lissa.

–Felicidades.

–Gracias –repuso Anny, sonriente.

–¿Y Gerald se tomó bien que rompieras vuestro compromiso? –preguntó él, ladeando la cabeza con curiosidad.

–Bueno, no –admitió ella y se colocó un mechón de pelo detrás de la oreja–. Me dijo que era normal estar nerviosa y que lo pensara mejor, que me tomara mi tiempo. Pero yo me conozco.

¿Sería verdad? Demetrios dudaba mucho que Anny se conociera. ¿Acaso no había aceptado casarse con Gerald en el pasado? Sin duda, entonces, ella había pensado que era una buena idea. Y era lógico que Gerald esperara que entrara en razón.

–¿Y tu padre? ¿Qué ha dicho? –inquirió él. Cuando ella no respondió, añadió–: ¿Se lo has contado?

–Le he mandado un correo electrónico.

–¿Le has mandado a tu padre, el rey, un correo electrónico? –dijo Demetrios, estupefacto.

Anny se encogió de hombros y levantó la barbilla con gesto desafiante.

–Puede que sea el rey para los demás, pero para mí es mi padre. Y no quería hablar con él. Estoy segura de que lo comprenderá. Me quiere.

Sin duda, pensó Demetrios. Pero también era el rey y estaría acostumbrado a decirle a todo el mundo, y sobre todo a su hija, qué debía hacer.

–Se acostumbrará a la idea –continuó Anny–. Sólo necesitará un poco de tiempo. Puede que esté un poco... disgustado... al principio –admitió y se encogió de hombros–. Por eso, me voy.

–¿Cómo que te vas? –inquirió él, levantando la vista hacia ella.

Anny se giró y saltó al muelle. Demetrios se dio cuenta de que había una mochila y una maleta allí en el suelo.

–Me iré por un tiempo –afirmó ella, se cargó la mochila al hombro y recogió la maleta.

–¿Te vas de Cannes? –inquirió él, atónito.

– Sí. Mi padre vendrá a buscarme en cuanto lea el correo electrónico. No quiero estar aquí cuando venga –explicó ella y se encogió de hombros–. Necesito tiempo. Por eso, me voy. Pero no quería irme... sin decírtelo y sin darte las gracias.

Demetrios no sabía qué decir. Le había dado a Anny un consejo basándose sólo en su mala experiencia con el matrimonio. ¿Cómo había podido ser tan osado?

–Tal vez, deberías tomarte un tiempo para pensarlo bien, como te ha dicho Gerald, antes de tomar una decisión definitiva. No te apresures.

–No me estoy apresurando –repuso ella, mirándolo como si estuviera loco–. ¡Lo he pensado bien! Llevamos tres años prometidos. Y he tomado una decisión. La verdad es que lo decidí hace mucho tiempo, sólo había estado retrasándolo. Gracias a ti, encontré el coraje para decirlo.

Se miraron un momento en silencio, hasta que Anny dio un paso atrás y se despidió con la mano.

–Adiós, Demetrios. Gracias por darme valor –repitió ella y sonrió–. Y por los recuerdos.

Entonces, ella se colocó bien la mochila, tomó la maleta y comenzó a alejarse del muelle. Demetrios se quedó observándola, inmóvil, diciéndose que debía poner el motor en marcha e irse de allí cuanto antes. Pero no fue capaz.

–¡Maldición! –murmuró él–. ¡Anny! –gritó–. ¿Adónde vas?

A lo lejos, ella se giró.

–No lo sé aún.

–¿Cómo que no lo sabes? –preguntó él, con el estómago encogido. Refunfuñando, saltó al muelle.

Anny dejó la maleta en el suelo y levantó la vista hacia él.

–Es lo que he dicho. No tengo ni idea. Sólo quiero ir a algún sitio donde mi padre no me encuentre. Pero no tengo ningún plan.

A Demetrios no le gustó lo más mínimo esa idea. Era una mujer joven, confiada y sola. Además, rica y de buena cuna. Una presa perfecta para maleantes.

–Había pensado hacer auto stop –señaló ella.

–¡Auto stop! –exclamó él, furioso.

–No voy a hacer auto stop, Demetrios –aseguró ella, riendo–. Sólo era una broma. No te pongas nervioso, no me pasará nada.

–¡No me pongo nervioso! –dijo él. Sólo tenía ganas de estrangularla.

–Bien. De acuerdo. No estás nervioso –repitió ella, sonriendo, y lo miró de arriba abajo–. No tienes por qué ponerte así. ¿Por qué te preocupas?

–¡Porque te estás portando como una idiota! No puedes irte así, sin más. Necesitas un plan y un sitio adonde ir. ¡Y guardaespaldas!

–¿Guardaespaldas? –preguntó ella, parpadeando.

–¡Eres una princesa!

–No he tenido guardaespaldas desde que dejé la universidad. Soy muy capaz de cuidar de mí misma –afirmó ella y sonrió–. Pero gracias por tu interés.

Entonces, como si él fuera un plebeyo con el que no quería perder más tiempo, Anny tomó su maleta y comenzó a caminar.

Demetrios maldijo para sus adentros, salió tras ella y la agarró del brazo, deteniéndola.

–Pues ven conmigo.

—¿Contigo? —repitió ella con la boca abierta—. ¿A Grecia?

—¿Por qué no? No tienes ningún plan. No puedes ir por ahí como una vagabunda. No sería seguro.

—No soy tonta, Demetrios. He vivido en Oxford yo solita. ¡Y en Berkeley!

—Con guardaespaldas.

—Entonces, era joven, casi una niña. Ahora no soy una niña.

—No. ¡Eres una mujer muy bella y cualquier hombre que se precie de serlo pensaría lo mismo!

—No pienso caer en manos de ningún depredador.

—Ya. Eres fuerte y te defiendes muy bien sola. ¡Por eso pude raptarte en medio del vestíbulo de un hotel lleno de gente!

—¡No fue así!

—¡Salí de allí contigo!

—Porque yo te dejé. Sabía quién eras. Pude haber gritado —se defendió ella, nerviosa.

—Habrían pensado que estabas loca por mí.

—Puedo cuidarme sola. No hablo con extraños. Ni tomo decisiones estúpidas.

—¿De verdad? —replicó él con gesto burlón—. Ibas a casarte con Gerald. Te insinuaste a mí. Te acostaste conmigo.

—Hasta ahora, no había pensado que eso fuera una decisión estúpida.

—Piénsalo mejor —aconsejó él y se pasó la mano por el pelo—. Mira. Eres una mujer muy atractiva. A mí me sedujiste, ¿no es así?

—Te prometo que no suelo comportarme así.

—¿Y si alguien más quiere tener recuerdos contigo? ¡Si te pasa algo, sería culpa mía!

–No seas ridículo. Te crees demasiado importante. Lo que yo haga es asunto mío, no tuyo.

–Pero estás en deuda conmigo –le recordó él–. Tú misma lo dijiste. Habías venido para darme las gracias.

–Obviamente, ha sido un error –repuso Anny, cruzándose de brazos.

–La próxima vez no seas tan educada –señaló él y agarró la maleta del suelo–. ¡A los paparazis les encantaría captar esta instantánea!

Anny miró a su alrededor, asustada.

–¡No hay fotógrafos!

–Podría haberlos. ¿Quieres que te sigan por toda Europa? –repuso él y se encogió de hombros.

Durante un momento, Demetrios temió que ella lo dejara marchar con su maleta y se alejara en la otra dirección.

–Es una locura –dijo ella al fin, caminando tras él–. En realidad, no quieres que vaya contigo.

–Lo que no quiero es que te pase nada –replicó él y, antes de que ella pudiera responder, añadió–: Mira, si te pasara algo, yo me sentiría culpable. Y mi madre también pensaría que habría sido culpa mía.

–¿Se lo contarías a tu madre?

–No tendría que hacerlo. Ella lo descubriría.

Malena Savas tenía ojos en la nuca y sabía siempre lo que pensaban sus hijos, incluso antes que ellos. Demetrios sabía que su madre comprendía mejor que nadie por lo que había pasado los últimos tres años.

Y sabía que, si dejaba a Anny sola, su madre no se lo perdonaría.

–Ella no me conoce –protestó Anny.

–Todavía, no.

Anny refunfuñó algo entre dientes. Y siguió caminando hacia el barco.

–Supongo que irás más seguro si voy contigo.

–¿Más seguro?

–Será más fácil manejar el barco entre dos. Aunque no me cabe duda de que puedes hacerlo solo.

–Sí. Pero tienes razón –contestó él. Si así podía convencerla, ¿por qué discutir?

–De todas maneras, dijiste que querías estar solo.

–Espero que no me estés hablando todo el tiempo –repuso él, exasperado.

–Pues igual sí lo hago.

–Si lo haces, te dejaré en Elba.

–¿Donde encerraron a Napoleón?

–Eso es –afirmó él y sus miradas se encontraron.

–Napoleón escapó.

–Tú no escaparás.

–¿Cómo lo sabes?

–Cuando te deje, le diré a tu padre dónde estás.

–No lo harás.

–¿Cómo lo sabes?

Estaban bromeando. Y, al mismo tiempo, Demetrios hablaba en serio.

–Piensas discutir conmigo todo lo que haga falta hasta que acepte, ¿verdad? –preguntó ella al fin y suspiró.

–No. Igual termino agarrándote por las fuerzas y subiéndote a cubierta.

–No serías capaz.

–¿Quieres ponerme a prueba?

Ella afiló la mirada y lo observó un momento.

–Si acepto, ¿no pensarás que quiero volver a acostarme contigo?

–¿Qué?

–No quiero que pienses que te acoso.

–No me importaría que lo hicieras –admitió él–. Soy inmune a las mujeres.

–Sí, ya. ¿Entonces, no te gustó?

–No he dicho que no disfrutara de tener sexo con una mujer hermosa. Lo que he dicho es que no quiero nada más que eso.

–¿Nunca? –preguntó ella, parpadeando.

–Jamás –aseguró él.

Anny lo miró con atención, como si buscara su punto débil. Pero él no tenía punto débil. No, después de Lissa.

–Nunca digas de esta agua no beberé –aconsejó ella como si quisiera reconfortarlo–. Nunca es mucho tiempo. Y puede que conozcas a alguien a quien puedas amar tanto como a tu esposa. De forma diferente, pero con la misma intensidad.

Demetrios se quedó callado. No quiso aclarar el malentendido. Anny sólo sabía lo que la prensa había publicado. Él nunca había tenido ningún interés en airear sus problemas privados con Lissa. Y no tenía por qué explicarle a Anny que se equivocaba. Así que le dejó creer lo que ella quisiera.

–¿Y qué pasa con el sexo? –preguntó ella de forma abrupta.

–¿Qué? –replicó él, boquiabierto.

–No te estoy pidiendo sexo –se apresuró a explicar ella–. Sólo quiero saber qué esperas de mí.

Lo mismo quería saber Demetrios. Aquella mujer era por completo impredecible.

–Depende de ti, princesa –dijo él, malhumorado–. No puedo decir que no me gustara, ni puedo decir que no quiera repetirlo. Pero no me voy a enamorar de ti. Así que no te hagas esperanzas.

–¡Cómo te atreves! –exclamó ella, sonrojándose.

Él sonrió y se encogió de hombros.

–Por si acaso. Tú has sacado el tema. De acuerdo. Es mejor dejar las cosas claras. Desde ahora te digo que no pienso comprometerme. Te llevo conmigo para que no te pase nada. Punto.

–Me guste o no –señaló ella con tono burlón.

–Te guste o no –afirmó él–. En cuanto al sexo... no tengo expectativas. Lo que pase a bordo, princesa, es cosa tuya.

Ella parpadeó y se quedó pensativa. Frunció el ceño. Tras varios minutos, sonrió, asintió y le tendió la mano.

–Trato hecho.

Anny sabía que debía haberse negado. Debía haberse ido del muelle sin mirar atrás. Más aun, no debía haber ido nunca al puerto para ver a Demetrios.

Pero lo había hecho porque... porque sabía que sólo él la entendería, admitió para sus adentros. Ella no había esperado más que recibir los buenos deseos por parte de Demetrios.

¡En absoluto había esperado que él insistiera en llevarla en el barco!

Anny lo miró de reojo mientras desatracaba. Demetrios no le estaba prestando ninguna atención. Estaba soltando amarras y ocupándose en otros quehaceres por el estilo.

Ella se quitó de en medio y esperó a que él le diera órdenes. Había navegado desde niña, cuando había ido en el yate de su padre con su familia. Y estaba segura de que podía ayudar a Demetrios con el barco.

Eso no sería ningún problema. Ella no era una tonta. ¿Pero qué otra cosa podía pensarse de una mujer que pasaba de un compromiso de tres años con un hombre al que no amaba a escaparse en un barco con otro que nunca la amaría?

No estaba enamorada de él, se aseguró a sí misma.

Aunque tuvo que reconocer que tampoco le resultaba indiferente.

Demetrios le... gustaba. Y había sido su amor platónico de juventud.

Además, lo admiraba por su éxito profesional y por haber superado la tragedia de la muerte de su esposa. Sin duda, lo apreciaba por haber sido tan amable con Frank durante las últimas semanas y, también, por su generosidad con ella. Dentro y fuera de la cama.

Pero Anny no lo amaba. Todavía, no. Ni nunca, se repitió a sí misma. Ella era una mujer razonable. Y no se metía en callejones sin salida, se dijo.

Demetrios se lo había advertido. Y había sido bastante humillante escucharle expresar su indiferencia en términos tan llanos. Como si de ninguna de las maneras pudiera él enamorarse de alguien como ella.

Bien. No importaba. En ese momento, lo único que Anny quería era tomarse un respiro, tener un poco de paz para aprender a escuchar los deseos de su corazón.

Por eso, había aceptado lo que él le había ofrecido: dos semanas de soledad, lejos de su padre. Dos semanas para rehacerse y planificar su futuro.

Sí, el matrimonio sería parte de ese futuro, Anny estaba segura. Pero no con Gerald. A pesar de su sugerencia de que se tomara un tiempo para reconsiderar su decisión, ella sabía que no había nada que pensar. Sólo lamentaba haber tardado tanto en darse cuenta de que hacía falta algo más que sentido del deber y la responsabilidad para ir al altar.

Después de la noche que había pasado con Demetrios, Anny había comprendido que la pasión también debía jugar un papel importante. Y su pasión y su deseo no se habían disipado después de esa noche.

¿Cómo iba a sobrellevar las dos semanas que tenía por delante? Anny no estaba segura. ¿Habría hablado Demetrios en serio cuando le había dicho que dependía de ella que tuvieran sexo o no?

El motor se puso en marcha. El barco comenzó a vibrar bajo sus pies.

–Eh, princesa, suelta la última amarra –gritó Demetrios desde el timón, señalando al último cabo que los ataba al muelle.

Anny hizo lo que le pedía.

El yate comenzó a alejarse. Ella sintió la brisa de la mañana en el rostro, inspiró el olor a mar y se sintió poseída por una excitante sensación.

Se sintió igual que Frank cuando había salido a navegar: viva.

Aunque sabía que habría riesgos. Pasar dos semanas a solas en un velero con Demetrios Savas podía ser lo más parecido al paraíso o... si se enamoraba de él, al infierno.

Capítulo 6

A MALENA Savas, la madre de Demetrios, le gustaba poner calificativos a sus hijos. Theo, el mayor, era «el solitario». George, el médico, era «el listo». Yiannis era «el pequeño biólogo», porque siempre estaba llevando a casa serpientes y búhos con alas rotas. Tallie, por supuesto, era «la niña».

¿Y Demetrios, el mediano?

«Impulsivo», diría su madre. «De buen corazón, honrado, sí. Pero, sobre todo, Demetrios hace las cosas antes de pensarlas».

Al parecer, eso no había cambiado en nada, se dijo a sí mismo Demetrios mientras dirigía el velero hacia mar abierto. Su matrimonio con Lissa, a los treinta y dos años, debería haberle curado de su impetuosidad.

Pero no. Había sido tan tonto como para insistirle a Anny para que pasara con él las dos semanas siguientes en ese maldito barco, ¡los dos solos!

¿En qué demonios había estado pensando?, se reprendió a sí mismo.

En nada más que lo que había dicho. Ella era demasiado inocente, amable y dulce como para ir sola por el mundo. Y él había sido el culpable de que Anny tomara esa decisión.

¡Hasta ella le había dado las gracias por animarle a dar ese paso!

Demetrios no había sido capaz de mantener la boca

cerrada y, como resultado, allí estaba Anny, esperando a que él le dijera qué hacer. Estaba sonriente, preciosa a la luz del amanecer, con el viento revolviéndole el pelo. Él no pudo evitar recordar su suavidad...

No le importaría nada volver a hundir los dedos entre el cabello de ella. Pero había sido tan tonto como para dejar que Anny fuera quien decidiera cómo iban a dormir.

Negándose a pensar más en ello, Demetrios se concentró en dirigir el barco. Intentó no mirarla, pero le resultó imposible.

—¿Por qué no llevas tus cosas abajo? —sugirió él—. Te llamaré cuando necesite tu ayuda con las velas.

—Gracias —dijo ella, sonriente.

Anny tomó su maleta y comenzó a bajar a los camarotes. Las escaleras eran demasiado empinadas y, cuando Demetrios iba a ofrecerle ayuda, ella lanzó la maleta abajo con una patada y bajó despacio con la mochila al hombro.

Bueno, era una chica con recursos. Tenía que admitirlo, se dijo Demetrios y respiró hondo. Durante unos segundos, pretendió imaginar que estaba solo en su viaje.

Sin embargo, al alejarse del puerto, pasó junto al yate de Val de Comesque, atracado al final del muelle. Su tripulación estaba ya en pie y él no pudo evitar preguntarse si Gerald estaría también levantado. ¿Estaría buscando a Anny preocupado? ¿O pensaría que ella se había ido a casa sin más y esperaría que entrara en razón?

Según Anny, Gerald le había sugerido que lo pensara mejor. Sin duda, el príncipe estaba seguro de que ella cambiaría de idea. Aunque ella parecía segura de lo contrario. ¿Sería verdad o sólo se estaría dejando por un momento de bravuconería?

Demetrios dudaba que ella no fuera a echarse atrás. Una cosa era decir que no pensaba casarse con un hombre poderoso y rico, futuro rey, y otra muy diferente cumplir su palabra, reflexionó él.

Quizá, lo único que Anny necesitaba era tiempo, para estar segura. ¿De casarse o de no casarse? No era asunto suyo, se recordó Demetrios.

Ella estaba en su derecho de tomarse su tiempo y considerar sus opciones. ¡Cuánto le hubiera servido a él tener dos semanas para pensar las cosas antes de casarse con Lissa! Tal vez, no se habría casado. Pero ya era demasiado tarde para pensar en eso.

Demetrios respiró hondo, llenándose los pulmones de aire marino, y se sacó a Lissa de la cabeza. Ella era el pasado. Y él tenía el futuro por delante. Tenía en mente escribir un guión. Y tenía dos semanas de viaje por mar para darle forma en su cabeza.

Y también estaba Anny. ¡Cielos!

–¡Anny! –llamó él cuando hubieron dejado atrás el yate real–. ¿Sigues queriendo ayudar?

–Claro –repuso ella, presentándose al instante en la cabina de mandos.

–Mantén el rumbo mientras yo me ocupo de las velas.

–¿Quieres que lleve el timón? –preguntó ella con ojos como platos, entusiasmada.

–¿Puedes hacerlo? –quiso saber él, titubeando un poco.

–Eso creo –afirmó ella–. Lo que pasa es que, normalmente, no me dejan hacerlo. Ya sabes, las princesas no deben ensuciarse las manos y esas cosas.

–Pues durante las dos próximas semanas tendrás las manos sucias.

–Me parece bien. Me encanta ayudar –aseguró ella

con alegría–. Sólo me... ha sorprendido un poco. Pero estoy emocionada porque me dejes hacerlo.

Su sonrisa dejó a Demetrios sin respiración. Era sincera, llena de entusiasmo. ¡Cuánto habría dado él porque Lissa hubiera sonreído así en su viaje a México en velero!

–Enséñame –pidió ella.

Demetrios le mostró el rumbo que debían llevar y cómo leerlo en el GPS. Anny le hizo preguntas, escuchó sin bostezar y asintió.

–Puedo hacerlo sin problema –afirmó ella con confianza.

Eso esperaba Demetrios.

–No te olvides del GPS –le recordó él–. Y avísame si pierdes el rumbo, yo puedo enderezar el timón si tienes algún problema.

–No será necesario –prometió ella.

Demetrios se digirió hacia las velas y le lanzó unas cuantas miradas desde cubierta, esperando que ella supiera lo que estaba haciendo.

Anny hizo lo que le había dicho. Mantuvo la atención en el GPS y la mano en el timón. Se puso una gorra de Theo que ocultaba casi todo su rostro pero, en un momento dado, levantó la cara hacia el sol y Demetrios se quedó impactado al verla.

Él estaba acostumbrado a las mujeres bellas. Había trabajado con ellas. Había estado casado con una. Piel perfecta, buena estructura ósea, dientes bonitos... todo importaba. Pero los rasgos faciales eran sólo una parte de la verdadera belleza. Y Anny cumplía con todos los requisitos de los cánones más exigentes.

Pero, sobre todo, ella irradiaba una alegría interior que le iluminaba por completo. Era una belleza poco común.

Además, Anny era una princesa valiente que había tomado una decisión seria que cambiaría su vida. Si no se echaba atrás, claro.

Por su parte, Demetrios estaba seguro de lo que pensaba y sabía que él no cambiaría de idea. Por muy hermosa, sexy y atractiva que Anny fuera, no pensaba enamorarse de ella.

Sin embargo, tuvo que admitir que, a menos que ella decidiera compartir su cama, iban a ser las dos semanas más largas de su vida.

Anny estaba radiante de felicidad. El viento y el sol le acariciaban el rostro.

Se sentía libre, sin las cargas del deber y la responsabilidad. Al menos, por el momento. Casi había olvidado lo mucho que le gustaba navegar. Sus experiencias más recientes en barco habían sido fiestas como la del yate de Gerald la noche anterior. Eran tan elegantes y comedidas que podrían haberse celebrado en el salón de un hotel. La noche anterior, si no fuera porque había ido en lancha, hasta se habría olvidado de que había estado en un barco.

Además, un barco anclado que no iba a ninguna parte.

Pero, en ese momento, sí estaba avanzando. El yate parecía volar sobre el agua. Era maravilloso.

–¡Me siento viva! –gritó ella cuando Demetrios entró en la cabina–. ¡Qué felicidad! –añadió y le entregó el timón. Comenzó a dar vueltas sobre sí misma, con los brazos extendidos–. ¡Gracias! ¡Gracias!

Él le lanzó una mirada cauta y escéptica, con la misma expresión que había puesto cuando Anny le había dicho que le hiciera el amor. Como si pensara que se había vuelto loca.

—¡No te preocupes por mí! —exclamó ella—. ¡En serio!

Demetrios no pareció muy convencido, pero no dijo nada. Comprobó el rumbo e hizo los ajustes necesarios.

Anny se quedó allí, observándolo todo maravillada, incluido él. Ella le había visto representar varios papeles en el cine en los últimos años. Siempre había actuado como un hombre sofisticado, duro y peligroso, sexy y lleno de encanto. Había trabajado en desiertos, en grandes ciudades, en la jungla y en dramas de dormitorio, pero ella nunca lo había visto en el mar.

Demetrios actuaba como un hombre competente en el escenario que le tocara. Aunque no estaba representando ningún papel en ese momento y parecía estar en su salsa. Parecía nacido para navegar.

—No sabía que fueras un lobo de mar.

—Crecí navegando —repuso él, encogiéndose de hombros, sin dejar de mirar al horizonte—. Supongo que lo llevo en la sangre.

—Sin duda —afirmó ella y sonrió—. Qué suerte.

Demetrios se giró hacia ella con las cejas arqueadas, como si su comentario le hubiera sorprendido.

—No a todo el mundo le gusta. Para algunas personas, resulta aburrido.

—No puedo creerlo —repuso ella con sinceridad—. A mí me resulta liberador. Tal vez es porque en mi infancia siempre me sentí encerrada, por culpa de ser quien era. Pero, cuando mis padres y yo íbamos a navegar, era como si pudiéramos ser nosotros mismos.

—Escapando de todo.

—Sí. Eso es.

–Yo nunca lo había visto así hasta que me hice famoso. Pero sé a qué te refieres. Para mí, salir a navegar era una manera de volver a ser yo mismo... –señaló él y apartó la mirada.

–En tu vida de actor, ¿tenías mucho tiempo para navegar?

–No mucho –contestó él y apretó la mandíbula, poniéndose tenso–. ¿Has deshecho tus maletas? ¿Has encontrado dónde acomodarte ahí abajo? No es un palacio.

Anny se dio cuenta del brusco cambio de tema y se preguntó qué lo habría causado, pero no dijo nada.

–Es mejor que un palacio. Me encanta.

Demetrios frunció el ceño, como si no la creyera.

–He escogido el camarote trasero... de popa –señaló ella–. Es el más grande, así que si tú lo quieres, podemos cambiarlos. Me pareció que el camarote de proa era más apropiado para el capitán. ¿Qué te parece?

–Bien. Me da igual –afirmó él y siguió mirando al horizonte, perdido en sus pensamientos, que no tenían nada que ver con el momento presente.

–Iré un rato abajo –indicó ella, imaginando que tal vez él lamentaba haberla invitado a bordo–. Llámame si me necesitas.

Demetrios esbozó una sonrisa ausente y ella bajó hacia el camarote.

Anny se tomó su tiempo para deshacer las maletas y explorar todos los rincones de su camarote. Era un barco magnífico. No eran tan grande y opulento como el yate real, pero tenía una elegancia limpia y sólida que le hacía muy cómodo y manejable. Era un buen barco para una pareja, o para una familia pequeña, como la del hermano de Demetrios.

Anny sintió un poco de envidia hacia Theo, no por

el barco, sino por su familia. Entre sus mejores recuerdos, estaban los días que había pasado navegando en los lagos alpinos de Mont Chamion con sus padres.

Ella deseaba poder tener su propio marido e hijos algún día. Sin poder evitarlo, su fantasía soñó con cómo sería tener a Demetrios en el papel de marido. Intentó ignorar la idea, pero su imaginación se resistió y, al fin, la dejó volar.

Como había hecho las maletas a toda prisa y había planeado tomar el tren para irse de Cannes, Anny no llevaba ropa adecuada para navegar. Había pensado perderse en una gran ciudad como Madrid o Barcelona, así que sólo llevaba ropa de vestir: pantalones y faldas de seda y de lino, blusas, chaquetas entalladas.

Los vaqueros y la camiseta que llevaba puestos habían sido un truco para poder salir de la ciudad sin llamar la atención. Por desgracia, eran la única ropa un poco apropiada para el barco que llevaba y, bajo el sol del Mediterráneo, le estaba dando demasiado calor. Esperaba poder ir de compras pronto. Y esperaba, también, que nadie la reconociera cuando lo hiciera.

Mientras, se las arreglaría. A pesar de que, aunque había aprendido cómo comportarse según el protocolo en todas las circunstancias posibles, no tenía ni idea de cómo actuar en su situación actual.

Entonces, Anny recordó a *madame* Lavoisier, una de sus instructoras suizas de etiqueta e imaginó lo que le aconsejaría.

—Eres una invitada —diría *madame* Lavoisier—. Debes ser encantadora y educada. Debes ser de ayuda, pero no estorbar. Debes hablar cuando sea el momento de dar conversación y difuminar tu presencia cuando tus anfitriones tengan otras obligaciones. Y no debes nunca ser prepotente.

Ésas eran las reglas básicas. Podían aplicarse a cualquier contexto. Sin embargo, a Anny no le convencían del todo, porque no quería sentirse como una invitada. Quería sentirse en su lugar.

¿Cómo podía ser tan ingenua para esperar tanto? Demetrios le había dejado muy claro que no estaba interesado en tener una relación.

Si se enamorara de él, su historia no tendría nada que ver con los cuentos de hadas, ni con sus fantasías de adolescente, caviló Anny. Sería un compromiso de amor con un hombre de carne y hueso... un hombre que no quería comprometerse.

—Lo que debo hacer es disfrutar de estas dos semanas de vacaciones y, luego, seguir con mi vida –dijo ella, hablando sola.

Estaba decidida a hacerlo. Sólo le faltaba convencer a su corazón.

Al mediodía, Anny le llevó un sándwich y una cerveza.

—Pensé que tendrías hambre –dijo ella y dejó el plato en un banco junto a Demetrios. Al momento, volvió con otro sándwich para ella–. He estado revisando las provisiones. He hecho una lista de posibles menús y otra de las cosas que deberíamos comprar cuando atraquemos.

Demetrios la miró fijamente.

Ella se terminó el pedazo que estaba masticando antes de hablar.

—¿Qué? ¿Me he pasado de la raya?

—Sólo estoy... sorprendido –comentó él, meneando la cabeza.

—Quizá he sido demasiado atrevida –continuó ella, sin comprender a qué se refería–. Pero soy mejor cocinera que marinera. Y, si voy a estar aquí dos semanas, tengo que ayudar en algo. Pensé que podía encargarme de las comidas.

—¿Sabes cocinar? —preguntó él, anonadado.

—Claro que sí. Formó parte de mi educación. Pero no esperes nada sofisticado en estas circunstancias —le advirtió ella, sonriendo con buen humor.

—No hay problema. Me bastan los sándwiches. No pensaba cocinar.

—Me he dado cuenta —replicó ella—. Además de pan, queso y fruta, hay poco más en la despensa, aparte de galletas y cervezas.

—No esperaba tener compañía —refunfuñó él.

—Ya. Y agradezco... tu oferta de llevarme en el barco —afirmó ella, mirando embelesada cómo el viento le revolvía el pelo a Demetrios. Estaba muy, muy atractivo—. Es mejor eso que vagabundear por Europa huyendo de mi padre.

Él asintió y esperó, adivinando que ella tenía algo más que decir.

Y así era, pero Anny titubeó un momento, sin saber cómo hacerlo. Al fin, lo dijo sin rodeos.

—De todas maneras, no creo que debamos hacer el amor esta noche.

—¿No? —preguntó él, genuinamente sorprendido.

—No —negó ella.

—¿No te gustó? —quiso saber Demetrios, observándola con curiosidad.

—Sabes que no es eso —repuso ella, sonrojándose—. Sabes que me gustó. Mucho.

—Pero no quieres volver a hacerlo —dijo él, rascándose la cabeza.

—No he dicho que no quiera. He dicho que creo que no debemos.

–Tu lógica se me escapa.

–Si lo hiciéramos, significaría algo para mí –explicó ella.

–Pensé que había significado algo la última vez –señaló él y parpadeó–. Todo lo que me contaste sobre tus ideales de juventud...

–Sí, claro que significó algo –aceptó ella–. Pero sería diferente si lo hiciéramos otra vez. En esa ocasión, fue como hacer el amor... con una fantasía –admitió y se sonrojó todavía más, sin atreverse a mirarlo a los ojos–. Cuando lo hicimos, tú eras para mí el hombre con el que había soñado. Si lo hiciéramos de nuevo, no sería lo mismo. Tú no serías el mismo. Serías... ¡tú!

–¿Yo? ¿Y antes no lo era? –preguntó él, confundido.

Anny no podía culparle por no entender. Y se vio obligada a explicárselo, aunque hubiera preferido no hacerlo.

–Serías un hombre real, de carne y hueso.

–La última vez también lo era.

–Para mí, no –dijo ella tras un momento.

–¿Y no quieres estar con un hombre de carne y hueso? –inquirió él, desconcertado.

–Es peligroso –repuso ella, sintiendo deseos de lanzarse por la borda.

–No. No te preocupes. No voy a dejarte embarazada. Te lo prometo. Soy muy cuidadoso.

–No me refiero a eso. Es peligroso emocionalmente.

Demetrios la miró estupefacto. Era lógico que no lo entendiera, pensó ella. Era un hombre.

–Podría enamorarme de ti –reconoció Anny al fin.

–Oh –dijo él, horrorizado–. No. No te aconsejo que lo hagas –añadió, meneando la cabeza.

No, no pensaba hacerlo, se dijo Anny. Al menos, si él no pensaba enamorarse también. Y, por la expresión de su cara, parecía que no había ninguna posibilidad de que cambiara de idea.

–Por eso, es peligroso –repitió ella–. Para mí –añadió y se encogió de hombros–. Tú dijiste que haríamos lo que yo quisiera sobre ese tema.

–Es verdad –repuso él y se pasó la mano por el pelo–. A ver si aprendo de una vez...

–Lo siento.

–Yo, también, princesa –contestó él y esbozó una socarrona sonrisa–. Si cambias de idea, dímelo.

No cambiaría de idea. O eso esperaba ella.

Anny era la mujer más desconcertante que Demetrios había conocido.

Cuando no se conocían, ella había querido hacer el amor con él. Cuando lo conocía, no quería hacerlo, sólo porque podía enamorarse de él. ¿Qué lógica tenía eso?

Aunque, de alguna forma, tenía su lógica, reconoció él para sus adentros. Pero era mucho mejor no pensar en ello.

Anny no era coqueta como había sido Lissa, ni cambiaba de humor como una veleta. Con Lissa, nunca había sabido a qué atenerse, ni qué esperaba ella de él. Con Anny, no había lugar a dudas. Ella se lo había dejado bien claro.

Cuando ella había querido hacer el amor, lo había pedido. Ya no quería y se lo había dicho también. No, sin duda, Demetrios no había conocido nunca a una mujer así.

Después de su discusión, Anny se había terminado

el sándwich y se había llevado los dos platos abajo. Al poco tiempo, había subido y se había sentado en un banco junto a él.

–Esto es genial, ¿verdad? –dijo ella, sonriente, levantando el rostro hacia el sol.

–Sí.

Y también era genial ver cómo ella disfrutaba del momento. Durante largo rato, se quedó allí sentada, sin decir nada, saboreando la experiencia, sin reparar en si él la miraba o no.

Lissa había sido tan diferente... Demetrios recordó cómo su mujer había insistido en que fueran a navegar. Ella no había hecho más que contarle lo maravilloso que había sido ir a pasear en yate con una pareja de estrellas de cine.

Había sido la primera vez que ella había mostrado interés en algo así. Pero, cuando Demetrios la había llevado a conocer a sus padres en Long Island, Lissa ni se había molestado en conocer el barco de la familia. Lo único que había querido había sido irse de allí cuanto antes.

Demetrios había pensado que había sido porque su esposa había querido pasar más tiempo con él a solas. Pero, después, se había dado cuenta de que unas vacaciones en Long Island no habían sido lo bastante sofisticadas para ella.

Cuando Lissa le había insistido en ir a navegar, él se lo había tomado en serio y se había ofrecido a alquilar un velero para ir a Cabo San Lucas cuando regresara a Los Ángeles, pues en ese momento había estado en medio de un rodaje en París.

Lissa se había mostrado encantada.

–¡Qué divertido! –había exclamado ella por teléfono.

No se habían visto más de dos días seguidos en los últimos dos meses. Demetrios había pensado que sería una buena manera de pasar tiempo a solas con su mujer. Y ella había parecido tan entusiasmada...

–¡Será maravilloso! –había asegurado ella, feliz–. El viento. El agua. Tú y yo. Oh, sí. Hagámoslo.

Dos días después de que Demetrios hubiera regresado a Los Ángeles, había alquilado un barco y habían salido rumbo a México.

Durante los primeros cinco minutos, Lissa se había mostrado tan emocionada como Anny estaba en el presente. Pero una hora después, su alegría se había desvanecido.

El viento había sido demasiado frío. El barco se había movido demasiado. El aire del mar no le había sentado bien. Había tenido miedo de que el sol le quemara la piel.

Demetrios había intentado ser comprensivo. Luego, había tratado de bromear sobre ella. Pero Lissa no había tenido ganas de reír. Había llorado y protestado. Había dado portazos y tirado cosas por los aires. Sólo dos horas después de salir de puerto, ella se había sentido terriblemente desgraciada.

Demetrios había hecho todo lo posible por aplacarla.

–Te he echado de menos, Lis. Estaba deseando estar aquí.

–¿Aquí? –había repetido ella, alzando los brazos al aire con desesperación–. ¡Aquí no hay nada!

–Estamos nosotros. Tú y yo, solos –le había recordado él–. Sin prensa, sin admiradores. Sólo nosotros. Relájate y disfruta.

Pero Lissa ni se había relajado ni había disfrutado. Se había sentado en la cabina de mandos para hojear una revista. Había intentando leer el guión de una película. Se había aburrido.

Él le había ofrecido llevar el timón. Ella se había negado.

—No sé cómo hacerlo.

—Yo te enseñaré.

Pero Lissa no había querido. Cada vez, había estado más nerviosa.

—¿Cuándo vamos a llegar? –había empezado a preguntar Lissa–. Cabo San Lucas está sólo a dos horas.

—En avión, sí. En barco, será una semana –había contestado él, mirándola anonadado.

—¿Una semana? –había gritado Lissa.

—Bueno, depende del viento, pero...

Lissa no le había dejado terminar y se había lanzado sobre él loca de furia. Había tenido el mismo aspecto que cuando había representado el papel de una drogadicta con síndrome de abstinencia, por el que había recibido un premio Emmy.

Pero había resultado que Lissa no había estado actuando. Había tenido un verdadero problema con las drogas. Y había tenido la intención de comprar en México.

Demetrios había ignorado demasiadas cosas ella por aquel entonces, cosas que deseaba haber sabido. Si hubiera sido así, podría haber sido más comprensivo.

Aquel viaje desastroso había tenido lugar seis meses después de casarse. Y había sido el punto de inflexión que había marcado su declive como pareja.

Demetrios se había sentido engañado, estafado. Había creído que había encontrado a la mujer de sus sueños.

¿De quién había sido la culpa? ¿Le había manipulado Lissa de forma consciente o había sido él quien había querido dejarse engañar?, se preguntó. No tenía ni idea.

Lo único que recordaba era que Lissa había parecido tan feliz y satisfecha en el día de su boda...

Anny tenía la misma expresión en ese momento, con los ojos cerrados, sonriente.

Pero la felicidad de Anny tenía poco que ver con la de Lissa, tuvo que reconocer Demetrios.

Lissa siempre había estado actuando, haciendo aspavientos, moviéndose, hablando. Anny, no. Sólo estaba allí sentada, disfrutando en silencio del sol. Su serenidad no podía ser fingida y era, por desgracia, demasiado seductora, se dijo él. Peligrosamente seductora.

Entonces, Demetrios comprendió a qué se había referido Anny cuando había dicho que podía ser peligroso para su corazón hacer el amor con él.

Si seguía observando las diferencias entre Anny y Lissa, podía terminar haciéndose vulnerable a ella, reflexionó Demetrios. Podía llegar a cuestionarse su decisión de no tener ninguna relación seria nunca más.

No era necesario que Anny lo engatusara a propósito. Era mucho peor, porque ella lo hacía de forma inintencionada. Y le hacía querer cosas que se había prometido no volver a desear.

–Te vas a quemar si sigues mirando al sol –rezongó él.

Anny abrió los ojos sorprendida y bajó la cabeza, protegiéndose con la gorra de Theo.

–Tienes razón –dijo ella con suavidad y se estiró–. Pero me encanta.

Demetrios no respondió. No supo qué decir ante tanta y tan genuina felicidad.

Deseó que Anny fuera como Lissa, para que le resultara más fácil resistirse a ella. Y, al mismo tiempo, no pudo evitar alegrarse porque no se parecieran en nada.

Capítulo 7

ANNY no podía creerlo. Tenía dos semanas para ser ella misma, no una princesa, ni la prometida de Gerald. Sólo Anny. Sin exigencias, sin expectativas que satisfacer.

Ni siquiera de tener sexo.

Aunque lo cierto era que a ella le encantaría tener sexo con Demetrios. La única noche que había pasado con él había sido increíble, impresionante. Y quería más.

Anny quería mucho más. Tanto, que no se atrevía ni a pensar en ello. Limitarlo a una noche había sido posible. Pero sumergirse en el placer de pasar con él catorce noches, entre sus brazos, no funcionaría.

Si se rendía a la tentación, empezaría a desear que él la amara y que lo suyo no terminara nunca.

Así que era mejor no tener sexo, sin más.

Satisfecha por haberle dejado claro a Demetrios lo que pensaba, Anny bajó a trabajar en su tesis un rato. Le pareció conveniente dejar a solas a Demetrios para darle tiempo a que se hiciera a la idea.

Cuando Anny volvió a cubierta, lo encontró de buen humor y tranquilo. Al parecer, a él no le había importado en absoluto que ella no quisiera sexo.

Mejor, se dijo ella, aunque poco convencida.

–¿A qué hora quieres cenar?

–Decide tú.

–¿Planeas navegar durante la noche o vas a atracar en alguna parte?

Demetrios señaló a la costa.

–Hay un pequeño pueblo pesquero allí. Atracaremos. Es demasiado trabajoso navegar de noche.

–Bien. Entonces, prepararé la cena para cuando atraquemos.

–De acuerdo –dijo él con una sonrisa.

–¿Piensas desembarcar? –quiso saber ella.

–No, a menos que quieras algo.

Anny necesitaba ropas más adecuadas para el barco, pero no quería ir a comprarlas. Sobre todo, en un pueblo tan cercano a su patria. La gente la reconocería. Y reconocerían a Demetrios.

–No –dijo ella–. Llámame si necesitas ayuda –añadió, pensando que él no lo haría.

Anny bajó y preparó una ensalada y pan con carne fría y queso.

Justo cuando iba a empezar a poner la mesa, Demetrios la llamó. Ella asomó la cabeza y vio que estaban llegando al puerto.

–Toma el timón mientras arrío la vela –ordenó él.

Ella parpadeó, sorprendida. Demetrios se había tomado su oferta en serio y la miraba expectante, así que obedeció.

Cuando terminaron las maniobras para atracar y después de haber seguido todas las indicaciones de Demetrios, él la sonrió y ella se sintió orgullosa, como si su sonrisa fuera el mejor premio.

Anny suspiró satisfecha. Estaba cansada, había hecho más trabajo físico del que estaba acostumbrada y estaba un poco quemada por el sol. Pero se sentía viva. Libre.

Se sentía tan feliz que abrió los brazos y giró sobre sí misma, radiante de gozo.

—Te diviertes, ¿verdad?

Anny se avergonzó un poco por su arrebato, pero no tanto como para negar lo que sentía.

—Ha sido el mejor día que he pasado en muchos años.

Él la observó arqueando las cejas, como si quisiera averiguar si ella era sincera.

—Bien —dijo Demetrios al fin, con una sonrisa seductora—. Me alegro.

Demetrios se alegraba de haberla llevado con él. Era mejor que estar solo.

Sabía que, si hubiera estado solo, se habría pasado la mayor parte del tiempo pensando en el futuro guión y en la película que iba a distribuir. No habría disfrutado del momento.

Con Anny, le resultaba imposible no disfrutar del momento. Y no mirarla.

Desde que la había conocido, ella había despertado en él algo que Lissa había matado. No sólo el deseo.

Anny tenía una forma de ver la vida diferente.

Por supuesto, a diferencia de Lissa, la princesa Adriana no sabía lo que era crecer como hija ilegítima en un pequeño pueblo de Dakota del Norte. ¿Por qué no iba a saber disfrutar de la vida si ésta le había ofrecido siempre todo lo que había querido? Eso habría dicho Lissa de ella.

Sin duda, su difunta esposa había tenido una vida difícil, admitió Demetrios para sus adentros. Y nunca había conseguido recuperar su pasado para salir adelante y gozar de la vida. Lissa nunca había expresado tanta felicidad como Anny esa noche.

–Estás muy pensativo –le dijo Anny, sacándolo de sus pensamientos.

Estaban cenando en cubierta.

¿Por qué bajar cuando se está tan bien aquí?, había sugerido ella.

Habían contemplado el atardecer mientras comían y él no había podido dejar de comparar la paz que los invadía con el infierno que había pasado en su viaje en yate con Lissa.

–¿Te pasa algo? –preguntó Anny–. Pareces preocupado.

–Sólo estaba pensando que estoy mucho más a gusto ahora que la última vez que salí a navegar.

–¿Con tu hermano y Frank?

–No, hace años –repuso él y sonrió al recordar la última vez–. Con Frank, lo pasé genial.

–Él, también. Me gustaría que lo hiciera más veces. Casi nunca quiere salir de su habitación –comentó ella, pensativa–. Es más fácil para él así.

–Sí –opinó Demetrios. Era más fácil no arriesgarse, no atreverse a soñar con lo que no se podía alcanzar. Entonces, se terminó la cerveza y se levantó–. Tú has cocinado, yo lavaré los platos.

–Has trabajado mucho todo el día –dijo ella–. Te ayudaré –añadió y lo siguió con su plato a la cocina.

La cocina era demasiado pequeña para los dos. Demetrios no podía evitar oler su pelo cuando pasaba a su lado, ni estremecerse cuando se rozaban al pasar. Deseó poder llevarla a la cama y conocerla todavía mejor de lo que la había conocido la noche que habían hecho el amor.

Pero no era posible.

Ella había dicho que no. Le había explicado por qué y él lo entendía. Pero sus hormonas, no.

–Esto no va bien –dijo él de forma abrupta, saliendo de la cocina.

–¿Qué?

–Esto –respondió él, señalando a la cocina–. Recoge tú o recojo yo. Pero los dos a la vez, no.

–Pero...

Si se hubiera tratado de Lissa, Demetrios sabía que todos aquellos roces habrían sido a propósito para provocarlo. Pero Anny no era así.

De pronto, Anny comprendió. Se sonrojó avergonzada.

–¿Crees que yo...? ¡Yo nunca...! Lo siento. Debí haber... ¡Cielos!

–No pasa nada –la tranquilizó él–. Puedo controlarme. Pero prefiero lavar los platos yo solo.

–Claro –murmuró Anny con las mejillas coloradas y subió las escaleras a cubierta a trompicones, sin mirar atrás.

Demetrios la observó por detrás. Era una visión muy tentadora. Había cosas que un hombre no podía resistir.

Según fueron pasando los días, Demetrios comenzó a sentirse atraído no sólo por el físico de Anny, sino por su forma de ser.

Era divertida, inteligente, considerada. Y siempre le sorprendía.

Una tarde, Anny decidió que pescaría algo para cenar.

–¿Sabes pescar?

–¿Es que crees que las princesas no pescan?

–Que yo sepa, no.

–¿Has conocido a muchas princesas o qué?

–Una o dos.

–Bueno, pues observa y aprende –dijo ella con una caña en la mano–. Solíamos pescar en el lago Isar, en Mont Chamion. Teníamos una cabañita allí, un refugio que construyó mi abuelo. Era un sitio perfecto: tranquilo, solitario. No había distracciones.

–Supongo que teníais cebo para los peces, ¿no? –señaló él, mirando al anzuelo vacío.

–A veces, sí. Otras veces, usábamos cualquier cosa que tuviéramos a mano. Como ahora –replicó ella y se sacó una lata de sardinas del bolsillo.

–Si pescas algo con eso, princesa, yo lo cocinaré –dijo él, riendo.

Ella rió también y lanzó el hilo por la borda. Menos de media hora después, gritó:

–¡Tengo uno! –gritó Anny y tiró del sedal.

–Es un sea-róbalo. Muy rico –señaló él, sacándolo del anzuelo.

–Yo puedo cocinarlo –objetó ella.

Pero Demetrios se negó. Lo asó con aceite de oliva, limón y albahaca.

–No es un plato muy elaborado –dijo él, subiendo la cena con dos botellas de cerveza–. Me lo enseñó mi madre. A ella le gustaba que supiéramos movernos en la cocina.

Anny pensó que le gustaría conocer a la madre de Demetrios, pero no se lo dijo. Le preguntó cómo había sido su infancia en una familia con siete hermanos.

–Una casa de locos –contestó él con buen humor–. Éramos traviesos, no parábamos ni un momento.

Ella le contó cómo había sido crecer en Mont Chamion como una princesa.

–Me enseñaron a soportar el peso de la responsabilidad, a acostumbrarme a que las expectativas de todo un país recayeran sobre mis hombros.

–Como cuando esperaban que te casaras con Gerald.

–Sí. Es muy difícil aprender a hacer lo correcto, para ti y para tu país. La línea divisoria entre lo personal y lo que implica ser princesa es muy fina.

Demetrios se quedó en silencio. Anny se preguntó qué estaría pensando. Y deseó poder conocerlo mejor.

–¿Qué me dices de ti?

–¿Sobre qué? –preguntó él a su vez, elusivo.

–Tú pudiste elegir tu profesión. ¿Siempre has querido ser director de cine?

–No, antes quería ser bombero y vaquero –respondió él, sonriendo como el niño que había sido.

Anny lo observó con atención.

–Creo que todavía puedes serlo, si de verdad lo quieres.

Él parpadeó y rió, al darse cuenta de que ella bromeaba. Los dos rieron juntos.

–No, en serio, Demetrios. ¿Cuál era tu sueño?

–No lo sé –contestó él tras un largo silencio–. Supongo que quería hacer lo mismo que mi padre y que mi abuelo. Ya sabes, casarme, tener hijos –señaló y apretó la mandíbula–. Sólo eso.

Sin embargo, su sueño había muerto con su esposa, pensó Anny y le tocó la mano con suavidad para consolarlo.

Demetrios se apartó y se puso en pie.

–Un pescado excelente. Si has terminado, lavaré los platos.

–Me toca a mí –protestó ella, deseando que él se

ofreciera a acompañarla en la cocina–. Tú has cocinado.

–De acuerdo. Hazlo tú.

Había sido todo más sencillo cuando se había sentido vacío, muerto, pensó Demetrios en cubierta,
mientras oía a Anny lavando los platos abajo.

No quería darle más vueltas a lo mucho que disfrutaba de su compañía, ni a lo mucho que le interesaba
conocer las historias de su infancia, sus sueños, sus
esperanzas.

Cuando se apagaron las luces abajo, Demetrios
suspiró aliviado, pensando que ella había decidido
acostarse temprano.

De alguna manera, Anny le hacía sentir humano de
nuevo. Y él no quería que eso sucediera.

–¿Qué sabes de las estrellas?

Demetrios se giró sobresaltado. Anny le tendió un
vaso de vino y se sentó a su lado.

–¿Qué sabes de las estrellas?

–La mayoría son unas pesadas –repuso él, apretando el vaso entre los dedos. ¿Qué diablos estaba haciendo ella allí?

–No me refiero a las estrellas de cine, sino a las del
cielo –repuso Anny, riendo.

–No sé nada –respondió él y se encogió de hombros–. Sólo conozco la Estrella Polar y alguna más
que se utiliza en navegación. ¿Por qué?

Anny dio un trago a su vaso y levantó la vista hacia
el firmamento.

–Cuando era pequeña, solía pedirles deseos.

–Muchos niños lo hacen –señaló él, malhumorado,

y dejó el vino a un lado. Lo último que necesitaba era que su lógica se empañara aún más.

—¿Tú, también pedías deseos?

—No. Yo era un chico duro y no hacía esas cursilerías.

—Ah —dijo ella, riendo—. Eras muy duro.

—Sí, eso es.

—Me lo imagino —replicó ella y lo observó un momento.

Demetrios se encogió de hombros y la miró.

—¿Te parece mal?

—No, sólo quería conocerte mejor.

—¿Por qué? —preguntó él con desconfianza.

—Creía conocerte cuando tenía tu póster. Y me equivocaba. Ahora quiero remediar mi ignorancia. Pensé que hablar de los deseos que le pedíamos a las estrellas era una buena forma de romper el hielo.

Demetrios apretó los puños. No tenía la más mínima intención de contarle a Anny lo que deseaba. Pero no le importaba que ella lo hiciera.

—¿Tú qué pedías?

—Un hermanito. Odiaba ser hija única.

—Te regalo los míos.

—Gracias, pero ya no los necesito. Ya tengo hermanos —contestó ella.

—¿Y te gusta? —inquirió él. No era lo mismo desear un hermano con siete u ocho años que tenerlo con veinte, después de que su padre se hubiera casado otra vez.

—Me encanta.

—¿Te llevas bien con ellos?

—Los amo —aseguró ella—. Espero que mis hijos se parezcan a ellos —afirmó y miró al cielo—. Eso es lo que deseo.

Demetrios se sintió incómodo al imaginarla teniendo hijos con otro hombre, pero se obligó a sacarse ese pensamiento de la cabeza.

—Sí, bueno, espero que se te cumpla.

Hubo un largo silencio.

—Ahora te toca a ti —dijo Anny al fin—. ¿Hay algo que quieras preguntarme?

Demetrios tenía muchas preguntas, pero no pensaba ponerlas en palabras. Sólo se le ocurrió una que no había dejado de hacerse desde que habían salido de Cannes.

—Cada día hace más calor. ¿Por qué sigues llevando esos malditos vaqueros?

—Porque son lo único que tengo.

—¿Qué?

—Lo demás son ropas de ciudad —dijo ella, encogiéndose de hombros.

—¿Por qué no me lo habías dicho?

—No quería desembarcar. La gente nos reconocería. Y mi padre se enteraría de dónde estoy.

—También se enteraría si te mueres de un golpe de calor. Mañana irás de compras. Atracaremos en una ciudad y podrás desembarcar sin mí.

—No sé si...

—No seas tonta, princesa —replicó él y bajó al camarote. Un minuto después, regresó y le tendió una camiseta y unos pantalones cortos—. Mientras tanto, puedes usar esto.

Anny agarró las ropas y sonrió.

—Gracias, eres muy amable.

—Sí, claro, lo que tú digas.

—Es verdad, eres...

—Un hombre cansado que quiere irse a dormir —la interrumpió él con brusquedad—. Así que, si no tienes más temas de conversación que no puedan esperar a mañana, te agradecería que me dejaras descansar tranquilo.

Hubo un momento de silencio.

–Claro –dijo ella al fin y se levantó.

Anny agarró los vasos, la ropa de él y, justo cuando Demetrios pensaba que iba a irse, se plantó delante de él y le dio un suave beso en los labios.

–Buenas noches, Demetrios. Que duermas bien.

Capítulo 8

¿DORMIR bien? Demetrios no consiguió pegar ojo. Se quedó despierto mirando a las estrellas, imaginándose a Anny pidiendo deseos. No le costaba mucho imaginarla con ocho años, apoyada en la ventana, susurrándole sus peticiones a las estrellas.

Todavía no había amanecido y Demetrios estaba volviéndose loco de tanto pensar en Anny. De pronto, tuvo una idea. Se incorporó, se quitó la camiseta y se zambulló en el mar. Fue lo mejor que pudo haber hecho.

Cuando Anny se despertó, el sol inundaba su camarote. Se puso los vaqueros y la camiseta, se pasó el peine por el pelo y corrió a cubierta para ver en qué podía ayudar, pensando que Demetrios estaría preparándose para desatracar.

Sin embargo, al llegar arriba, le sorprendió una calma absoluta. Demetrios estaba tumbado en uno de los bancos de la cabina, profundamente dormido.

Anny se quedó paralizada, hipnotizada.

Él estaba tumbado boca arriba, sólo con unos pantalones cortos. Tenía un brazo colgando y, en el otro, aferraba una camiseta contra el pecho desnudo.

Sin hacer ruido, ella se acercó, devorándolo con la mirada.

Posó los ojos en el arco de su nariz, un poco torcido porque su hermano George se lo había roto a la edad de doce años. Se maravilló observando sus espesas pestañas oscuras, que suavizaban la visión de sus fuertes pómulos masculinos, su barba incipiente y su sólida mandíbula.

No sólo tenía un rostro hermoso. También su cuerpo era espléndido, con anchos hombros, musculosos brazos, piernas bien torneadas y un fuerte pecho.

Anny lo contempló con atención, recordando lo que había sentido al tocarlo. Y cuando él la había tocado.

Tenía manos de hombre trabajador, pensó ella, con callos en las palmas y anchos dedos. Le encantaba verlo manejar las velas o las amarras. Eran, también, manos de amante. Oh, sí.

Demetrios tenía treinta y cuatro años, un hombre en la flor de la vida, sin ninguna intención de comprometerse. Pero, dormido, su rostro mostraba trazos del joven que había sido, el que ella había tenido colgado en un póster en su pared... Entonces, Anny se había pasado horas enteras mirando ese póster, soñando despierta, deseando...

Pero ya era mayorcita y no debía pedir deseos estúpidos se dijo a sí misma. Era tan difícil...

Demetrios se despertó con el sol en los ojos. Miró a su alrededor, desorientado, y lo primero que vio fue a Anny, observándolo.

Le dolía la cabeza por la falta de sueño y le tiraba la piel por la sal del agua. No se había duchado después de su chapuzón nocturno. Tenía los pantalones cortos húmedos todavía. Y no tenía ni idea de qué hora era, pero debía de ser tarde.

—¿Qué estás mirando?

—A ti —repuso ella, sonriendo.

—¿Por qué? —gruñó él, frotándose la mandíbula.

—¿Tal vez porque me gusta?

—Suena como una pregunta. ¿No estás segura?

—Sí, estoy segura —afirmó ella—. Aunque no entiendo por qué. Eres un gruñón.

Era más fácil ser un gruñón, se dijo Demetrios. Era más sencillo mantener las distancias.

—Pues no me mires —dijo él. Se estiró y se frotó el pelo lleno de sal—. ¿Qué hora es?

—Las ocho y media.

—¿Por qué no me has despertado?

—No tenemos prisa —respondió ella, encogiéndose de hombros.

Anny se había puesto sus pantalones cortos y su camiseta de la universidad de Nueva York. ¡Y estaba demasiado atractiva y apetitosa como para ser una mujer que no iba a dormir con él!, pensó Demetrios muy a su pesar.

—He hecho café. ¿Quieres?

—Sí. Voy a ducharme. Luego, nos pondremos en marcha.

El cielo se llenó de nubes al mediodía. Tal vez, habría tormenta al llegar la noche. Anny escuchó los informes meteorológicos en la radio.

—Lluvia y vientos fuertes —informó ella—. Esta noche o mañana por la mañana.

—Atracaremos a media tarde, entonces. Así podrás ir de compras.

—No es necesario, puedo arreglármelas con éstas que me has prestado —aseguró ella.

De todas maneras, Demetrios echó el ancla cerca de la zona comercial de un pueblo grande. Era un puerto demasiado abierto, sin embargo, y pensó que luego buscaría otro más apropiado para pasar la tormenta.

Anny seguía llevando los pantalones y la camiseta de él y se había puesto la gorra de Theo encima de una cola de caballo y gafas de sol. Así, nadie la reconocería, pensó él.

–Tengo la lista de la compra –dijo ella y se la metió en el bolsillo de los pantalones.

Demetrios preparó la lancha inflable para que Anny fuera a tierra y le enseñó cómo arrancar el motor.

–Me las arreglaré –dijo Anny tras escuchar con atención.

Demetrios volvió a subir al velero y se quedó mirando cómo se alejaba la lancha. No pudo evitar sentirse como un padre observando cómo su hijo pequeño se iba de casa en su primer día de colegio.

En su ausencia, Demetrios fregó la cubierta, remendó un rasguño en la vela e hizo unas cuantas tareas más. Se quedó en cubierta todo el tiempo, esperando que ella regresara, por si tenía algún problema con el motor de la lancha.

Anny volvió sin ningún problema. Demetrios la ayudó a subir a bordo.

–¡He traído pizza! –anunció ella, radiante.

También llevaba dos bolsas que parecían de ropa y otras dos con comida.

–Ven a ver –invitó ella.

Estaba encantada con su pequeña excursión, como un niño con juguetes nuevos, pensó él y la siguió. Estaba entusiasmada porque había comprado aceitunas, tomates y pan recién hecho.

–Toma –dijo Anny–. Podemos comer aquí en cubierta. Voy por el vino.

No era gran cosa, pero la alegría de Anny lo hacía

parecer un festín. Ella le contó todo lo que había visto en el pueblo.

–¡Ya sé que sólo llevamos en el barco una semana, pero casi se me había olvidado lo que se siente al ir por la calle! ¡Casi me atropella un motorista!

–Debes tener cuidado –la reprendió él, sin sonreír.

–Estoy bien –repuso ella, feliz–. Ha sido divertido. Y nadie me ha reconocido –añadió–. He traído un bikini.

Demetrios se atragantó al verlo.

–¡Podemos nadar después de comer!

–No.

–¿No? –preguntó ella, parpadeando–. Pero...

–Quiero navegar. Necesitamos encontrar un puerto más cobijado si va a haber tormenta –señaló él. Además, no tenía ningún deseo de ver a Anny en bikini.

–A la orden, señor –repuso ella y, sin insistir más, bajó los platos a la cocina.

Se pusieron en camino de nuevo y Anny tomó el timón mientras Demetrios levantaba las velas. El puerto al que quería llegar estaba a unas dos horas al sur, o más si tenían el viento en contra. No sabía cuánto tiempo tendrían antes de que comenzara a llover.

Cuando llevaban más de una hora de viaje, empezaron a caer las primeras gotas.

–¿Puedo ayudar en algo? –se ofreció Anny, entrando en la cabina de mandos.

–Voy a atracar allí –indicó él, señalando al puerto, no demasiado lejos. Con un poco de suerte, podría hacerlo antes de que se pusiera a llover a mares.

Demetrios acercó el barco a la bahía, donde pudo cobijarse un poco, arrió las velas y paró el motor. Sin embargo, no consiguió atracar antes de que la lluvia torrencial los sorprendiera.

Anny, que había bajado un momento, apareció bajo la lluvia. No llevaba la camiseta, ni los pantalones. Sólo dos pedacitos de tela.

–¿Qué diablos estás haciendo? –preguntó él.

–Lo que hago todas las noches. Voy a ayudarte a amarrar el barco.

–¿Así? ¿En bikini?

–Tenía toda la ropa empapada. Y no hace frío, de todas maneras. Además, es más fácil secar un bikini. Así estoy mejor.

Claro que lo estaba.

–No quiero que estés aquí arriba. Es demasiado peligroso –dijo él. El barco estaba balanceándose entre las olas, cada vez más agitadas.

–¿Y cómo vamos a atracar?

–Yo lo haré.

–¿No es peligroso para ti?

–Es...

Pero Anny no esperó su respuesta. Se dirigió a la popa para ayudarlo. Demetrios se quedó mirando su trasero, tentador y apenas cubierto, y tuvo grandes deseos de darle unos azotes.

–¡Engánchate la soga de seguridad! –gritó él. Aunque ella no tenía dónde engancharla.

–No soy estúpida –repuso ella.

El viento era cada vez más fuerte y a Demetrios se le puso el corazón en la garganta al verla en la punta del yate, que se mecía como un cascarón en la tormenta.

–¡Anny!

Al fin, vio que se aseguraba con la soga, atándosela alrededor de la cintura. Entonces, ella se enderezó y empezó a hacerle señales para ayudarlo a atracar.

Demetrios llevó el timón, intentando acercar el

barco lo antes posible al muelle, con toda la suavidad posible. El barco se agitaba. A Anny se le cayó la cuerda. A él le dio un vuelco el corazón.

—¡Vamos, Anny! —llamó él. Quería que ella estuviera a salvo. Cuanto antes.

Anny se puso de rodillas, alargó la mano y...

—¡Ya está!

Anny corrió hacia él, resbalándose un par de veces. Demetrios paró el motor y la tomó entre sus brazos.

—No vuelvas a hacer eso —ordenó él, con el corazón a punto de salírsele del pecho y las rodillas temblorosas. Había pasado un miedo de muerte al verla allí, haciendo algo tan peligroso—. Promételo.

Anny lo miró sorprendida, con el rostro empapado por la lluvia.

—E-estoy bien —balbuceó ella.

—Pues yo, no —replicó él—. Me has asustado —añadió, sin soltarla de entre sus brazos.

—Lo siento. Pero no ha pasado nada. Misión cumplida. No ha sido tan difícil.

—No. Lo difícil habría sido tener que decirle a tu padre que su hija se había ahogado.

—No iba a ahogarme —protestó ella—. Sabía lo que estaba haciendo. Necesitabas ayuda y tú tenías que ocuparte del timón. Pero... gracias por preocuparte por mí.

—Estaba preocupado por mí —dijo él, malhumorado—. Tu viejo me habría llevado a la guillotina si te hubiera pasado algo.

—Papá es muy civilizado.

—Yo no lo sería en su lugar —murmuró él y la miró. La lluvia era más fría y a ella se le habían puesto los pezones erectos debajo del bikini—. Por el amor de Dios, ¡vístete!

Antes de desaparecer, Anny arqueó las cejas y lo

miró un momento, pensativa. Pero no dijo nada, por suerte para él.

Demetrios no quería hablar. No quería enfrentarse al remolino de sensaciones que lo abrumaba. Ni a la mujer que las estaba provocando.

Pero no tuvo más remedio que bajar con ella, porque no pudo encontrar ninguna excusa para quedarse en cubierta en medio de la tormenta. Afortunadamente, Anny estaba en su camarote. Él se metió en el otro.

Una hora después, ella llamó a su puerta.

—La cena está lista.

Demetrios se levantó a regañadientes de la mesa, donde había estado intentando trabajar en su guión, sin conseguirlo, y abrió la puerta, una rendija nada más.

—Ya hemos comido.

—Bueno, si no tienes hambre, nada —dijo ella, observándolo con atención—. He hecho *bruschetta* —añadió e hizo una pausa—. Siento haberte asustado.

—No lo hagas más —murmuró él.

Luego, Demetrios salió de su cuarto y se sentó a la mesa. Seguía lloviendo, pero el viento había amainado un poco y el barco no se movía tanto y se podía comer con tranquilidad.

Sin embargo, él no tenía hambre. Estaba demasiado absorto en sus sentimientos y en sus pensamientos.

Anny se estaba esforzando en darle conversación. Sin éxito.

Ella apenas había terminado de comer cuando él se levantó.

—Yo limpiaré. Tú vete a trabajar.

—¿Trabajar? —preguntó ella con ojos como platos.

–¿No estás escribiendo una tesis?

Anny lo observó un momento, pareció a punto de decir algo, pero no lo hizo.

–Bueno, ya sabes dónde encontrarme –señaló ella y dejó el plato en el fregadero.

Anny se metió en su camarote y cerró la puerta. De un portazo.

¿Qué le pasaba a Demetrios?, se preguntó, mientras lo oía entrechocar los platos en el fregadero. Si seguía así, terminaría rompiendo algo, se dijo.

Bueno, no era problema suyo. Le pasara a él lo que le pasara, no era culpa suya, reflexionó Anny.

Intentó no pensarlo. No preocuparse. Pero todos sus pensamientos eran para Demetrios.

No le había servido de mucho no irse a la cama con él de nuevo porque, a pesar de sus esfuerzos, pues lo amaba de todas maneras. No al hombre que había tenido en su póster, no. Se había enamorado del hombre que había dedicado su tiempo a los niños de la clínica, el hombre que le había aconsejado no echar a perder su vida, el que le había ofrecido refugio en su barco, el que le hacía reír, el que se había preocupado por ella. El hombre que la había sostenido entre sus brazos.

La había estrechado contra su pecho y, luego, la había soltado de forma abrupta. Pero no la había besado, se recordó a sí misma. Se preocupaba por ella, sí, pero no estaba enamorado.

Al fin, cesaron los ruidos de platos en la cocina. La puerta del otro camarote se cerró de un golpe. Luego, se abrió y se cerró de nuevo. A continuación, Anny sólo oyó el silencio... excepto por el viento y la lluvia.

Anny encendió su ordenador portátil, diciéndose que debía trabajar. Tenía que hacer su tesis.

Entonces, oyó de nuevo la puerta del camarote de Demetrios y sus pasos subiendo la escalera. Lo más probable era que fuera a comprobar que todo estaba bien antes de dormir.

Al oír un chapuzón, Anny se sorprendió.

El barco se meció, como si Demetrios hubiera tirado algo por la borda. ¿Pero qué? ¿Y por qué?

Anny apagó la luz de su cuarto y se asomó por el ojo de buey. Al principio, no pudo ver más que las luces del puerto reflejadas en el agua.

Luego, de pronto, vio la silueta de la cabeza de un hombre en el agua.

No podía creerlo. Salió de su cuarto y subió las escaleras a todo correr.

–¡Demetrios! –gritó y se asomó por cubierta, buscando en las aguas oscuras con desesperación–. ¡Demetrios!

¿Cómo era posible que se hubiera caído por la borda?, se preguntó ella, nerviosa. Al fin, lo vio, a unos veinte metros. ¡Estaba nadando! ¡Alejándose del barco!

–¡Demetrios! –llamó ella con todas sus fuerzas.

Él la oyó y, con reticencia, nadó hacia ella, sin darse prisa.

–¿Qué? –preguntó él cuando hubo llegado junto al yate. Parecía molesto.

Anny lo miró furiosa. ¡Ella creía que se había caído! ¿Y se había tirado a propósito?

–¿Qué diablos estás haciendo?

Demetrios levantó la vista, con el rostro empapado, pero no hizo ningún amago de subir a bordo.

–Dándome un baño –contestó él, como si fuera lo más normal del mundo.

–¿Ahora? ¿De noche? ¿Solo? ¿Con este tiempo? –gritó ella con voz estridente.

–Me apetecía hacer ejercicio.

–Si me lo hubieras dicho, te habría acompañado.

Demetrios murmuró algo entre dientes.

–¿Y si te ahogas?

–No pienso ahogarme.

–Pues no deberías nadar solo. Sobre todo, de noche.

–No me ha pasado nada.

–A mí tampoco me pasó nada esta tarde cuando atracamos –le recordó ella–. Pero tú te asustaste. ¿Es que te estás vengando?

–¿Qué? No. Claro que no –repuso él, indignado.

–¿Entonces, por qué lo haces?

Demetrios no respondió. Comenzó a nadar en paralelo al barco, como si pensara dejarlo atrás.

–Sigue nadando e iré detrás de ti –le advirtió ella.

–Si saltas, te ahogarás.

Anny no entendía por qué parecía tan furioso. No tenía sentido.

–Bueno. Si tanto quieres nadar, adelante. Me quedaré aquí mirando.

–¿Qué? ¿Quieres jugar a ser un guardacostas? –replicó él, exasperado.

–¿Por qué no? No abriré la boca, sólo te salvaré si te ahogas –aseguró ella y sonrió.

–¡Por todos los santos! –protestó él, se agarró a un costado del barco y subió. El agua le chorreaba por el cuerpo y los pantalones cortos. Se sacudió como un perro y empapó a Anny.

–¿Ya estás contenta?

Anny se quedó absorta contemplando su musculoso cuerpo, sin poder articular palabra.

–Yo...

Pero Demetrios no esperó su respuesta. Se dio media vuelta y bajó las escaleras a su camarote sin decir palabra.

Minutos después, Anny bajó también. La puerta de él estaba cerrada. Se oía la ducha.

Al rato, ella oyó como cerraba el grifo, un portazo en el armario.

Luego, silencio.

Y más silencio.

–¿Demetrios? –llamó ella desde el otro lado de la puerta–. Tenemos que hablar.

–Vete a dormir –gritó él. Hablar era lo último que necesitaba.

–No puedo.

–Bueno, pues yo quiero dormir –contestó él, apagó la luz y se tapó la cara con la sábana.

Ella llamó otra vez.

–¡Maldición!

–Por favor.

Demetrios salió de la cama y se pasó la mano por el pelo.

–Espera –dijo él. Encendió la luz. Se puso unos pantalones y una camiseta y respiró hondo antes de abrir la puerta–. ¿Qué quieres?

Ella parecía preocupada. Parecía estar sufriendo. Y lo último que él quería era ver sufrir a una mujer.

–Estoy confundida –dijo ella con suavidad–. Esperaba que tú pudieras aclararme la situación.

–No sé de qué estás hablando, princesa –dijo él con brusquedad–. Sólo quería nadar un poco. Ya estoy sano y salvo en el barco, así que ¿por qué no lo dejamos para mañana y...? —sugirió él, comenzando a cerrar la puerta.

Anny puso el pie delante, para impedírselo.

Demetrios bajó la vista hacia su pie, descalzo, con las uñas pintadas de color melocotón, y suspiró. Luego, salió y se dirigió al cuarto de estar. Sacó una silla para ella y se sentó enfrente.

—¿Qué quieres saber, princesa?

—¿Por qué estás furioso conmigo?

—No estoy furioso contigo.

—Estás enfadado con alguien.

—No.

—Si no es conmigo, ¿es contigo mismo? —quiso saber ella, sin creerse su respuesta—. ¿Por invitarme a venir?

—No. Sí. Diablos, deja de interrogarme.

—Lo haré, si me cuentas qué pasa. Nos estábamos llevando muy bien. Y ahora no me quieres ni ver. ¿Qué pasa?

Demetrios la miró con curiosidad.

—¿Por qué? ¿Es que crees que puedes arreglarlo?

—Si no me lo cuentas, nunca lo sabremos, ¿no crees?

Demetrios gruñó y posó la vista en la dulce e inocente sonrisa de ella. Se levantó de un salto, se movió inquieto por el cuarto y, al fin, se giró hacia ella.

—Es pura física, princesa.

—No —aseguró ella, mirándolo a los ojos.

A Demetrios le sorprendió lo rotundo de su negación.

—Claro que sí. Ya sabes, un hombre y una mujer, solos. Seguro que te acuerdas de cuando me propusiste hacerlo la primera noche.

—Sí —respondió ella, sonrojada.

—Y tuvimos sexo.

–Y te gustó tan poco que no te importaba si lo hacíamos otra vez o no.

–¿Cómo?

–Me dijiste que dependía de mí –le recordó ella.

–Porque no quería que fuera una condición para llevarte conmigo. ¡Te dije que estaba dispuesto si tú querías!

Ella se encogió de hombros, se levantó y lo miró de frente.

–Bien. Hagámoslo.

Demetrios se quedó petrificado. No podía creer lo que oía.

–¿Qué has dicho?

–Que lo hagamos –repitió ella con gesto desafiante.

–Dijiste que tenías que proteger tu corazón –señaló él, titubeando.

–No ha funcionado.

–¿Cómo que no ha funcionado?

–Me he enamorado de ti de todas formas.

Demetrios se encogió. Le temblaron las rodillas. Negó con la cabeza.

–No es cierto.

–¿Tú qué sabes?

–Maldición, Anny. No puedes hacer eso.

–Lo he intentado –aseguró ella–. Pero no lo he conseguido. Es mi problema, no el tuyo. Así que... –dijo y le tendió una mano–. ¿Vamos?

Él se quedó paralizado. Respiró una vez. Y otra.

–No.

Se miraron el uno al otro. Ella abrió mucho los ojos, sin comprender.

–Me deseas –aventuró ella, no muy convencida.

–Desearte y tener sexo son dos cosas distintas –intentó explicar él y se cruzó de brazos.

–No lo entiendo –señaló ella tras un largo silencio.

–No vamos a hacerlo.

–¿No quieres volver a tener sexo conmigo?

–No.

–¿Por qué?

–Sencillo. Quieres amor. Quieres matrimonio. Y yo, no.

–No te he pedido nada de eso. Pero, ya que sacas el tema, ¿por qué eres tan contrario al matrimonio?

–No es asunto tuyo –repuso él, apretando los puños.

Anny se quedó callada un largo instante. Tomó aliento.

–Es a causa de Lissa.

Demetrios se puso tenso.

–Lo entiendo –dijo ella con suavidad–. Pero no puedes estar de luto para siempre, Demetrios. No puedes dejarte morir. Sé que la amabas y que ella te amaba. Pero algún día puede que ames a otra persona y...

–Ella no me amaba –le espetó él.

Anny lo miró preocupada, sorprendida.

–Mi matrimonio fue un desastre –admitió él–. Fue mi mayor error. Nunca lo repetiré.

Los ojos de ella se llenaron de calidez, de compasión... lo último que él necesitaba.

–Pensé... Las revistas decían que... erais la pareja perfecta. Ella era muy bella.

–Yo también lo pensé –reconoció él y se cruzó de brazos–. Pero no fue así. Ella no era bella en su interior. Quería ser la mejor, eso era lo único que le importaba. Quería tener al hombre más deseado, la casa más lujosa –recordó e hizo una mueca–. Era demasiado ambiciosa. Desde niña, siempre había intentado demostrarse algo a sí misma.

–Como yo –dijo Anny con suavidad–. Necesito ser alguien además de una princesa.

–No se parecía en nada a ti. Tú estás descubriendo quién eres. Pero no pisas a nadie en tu camino. No usas a la gente.

Anny apretó los labios y se quedó callada, escuchando.

Y, una vez que había comenzado a abrirse, Demetrios no pudo parar.

–Ella siempre estaba actuando. Hizo el papel de mi mujer perfecta, la que sería madre de mis hijos. Creí que podía hacerle feliz, que podíamos formar una familia. Pero yo sólo era para ella un escalón al éxito –admitió él y apretó los labios–. Pero creo que Lissa no era capaz de ser feliz.

–Podría haber aprendido –sugirió Anny–. Si hubierais tenido hijos...

–No. Ella no los quería. Al principio, me dijo que sí, pero me mintió. Sólo le importaba su carrera y no quería que nada se interpusiera.

Demetrios se recostó en la silla y miró al techo. Durante un momento, no dijo nada.

–Yo estaba terminando una película en Carolina del Norte. Ella acababa de terminar otra. Le pedí que viniera conmigo, pensé que podríamos arreglar las cosas. Yo quería empezar de nuevo, formar una familia. Pero ella me dijo que le habían ofrecido un papel excelente que no podía rechazar –recordó él y no pudo evitar encogerse–. Se marchó a rodar a Tailandia antes de que yo regresara y me pidió que no fuera a verla, decía que no quería distracciones del trabajo. Lo siguiente que supe de ella era que estaba en el hospital.

–¿Había contraído una infección?

–Sí.

—Qué horror –dijo Anny y tomó las manos de él entre las suyas, para consolarlo.

—La contrajo cuando abortó de nuestro hijo –confesó él. Era la primera vez que lo decía en voz alta.

Anny se quedó mirándolo con ojos muy abiertos. Le apretó la mano con fuerza, sin decir nada.

—Yo ni siquiera sabía que estaba embarazada –continuó él con un nudo en la garganta–. Cuando llegué al hospital, me dijo que... no encajaba en sus planes –añadió, reviviéndolo todo, sintiéndose una vez más que como si le clavaran un puñal en el corazón.

Hubo un silencio, sólo roto por el viento. Al fin, Demetrios se encogió de hombros y suspiró.

—Ahora ya lo sabes.

—Ahora lo sé.

Ninguno de los dos se movió.

Ella siguió sujetándole la mano, acariciándosela con el pulgar.

—Por eso, mi respuesta es no, Anny. Porque no quiero aprovecharme de ti. No sé por qué crees que me amas y espero que estés equivocada. Cuando vuelvas a tener sexo con un hombre, debe ser con alguien que te ame. Te lo mereces. Y a mí no me queda más amor.

Capítulo 9

ANNY no pudo dormir. Las palabras de él le resonaban en la cabeza.

El dolor que había impregnado su voz, la pesadilla que había sido su matrimonio... le hicieron pasarse toda la noche dando vueltas en la cama.

Ella, como todo el mundo, había creído que el largo exilio de Demetrios Savas había sido para guardarle duelo a su amada esposa.

Pero la realidad era mucho más trágica.

Anny deseaba poder consolarlo, poder curar toda su rabia y su dolor.

Al mismo tiempo, sabía que era posible que no pudiera hacer nada para ayudarlo.

¿Pero por qué no podía él volver a amar? Demetrios era un hombre amable, interesado en los demás... y debía de saber lo que era el amor.

El hecho de que se hubiera negado a sí mismo obtener placer físico porque no era justo para ella era, en cierta manera, una forma de demostrarle amor, reflexionó Anny.

Pero no podía decirle eso a Demetrios. Igual que no podía explicarle que se había enamorado del hombre que él era en el presente, con cicatrices y todo. Y no lo amaba menos aunque esas cicatrices fueran más profundas de lo que ella había imaginado.

Sobre todo, lo admiraba por haberse sobrepuesto al

dolor, por haber dedicado su vida a ser productivo, por mostrar compasión hacia los demás.

El problema no era que él no amara a los demás, concluyó Anny. Lo malo era que no se amaba a sí mismo.

Durante los cuatro días siguientes, Demetrios habló muy poco. El tiempo fue bueno, por lo que él se esforzó en llegar lo antes posible. Mantuvo la conversación al mínimo y no se permitió el lujo de quedarse charlando bajo las estrellas por la noche, ni de darse un baño en el mar.

Tenía que escribir su guión, le había dicho él. Y ella tenía que ocuparse de la tesis. Así que, cuando no estaba comiendo o llevando el timón, Demetrios se encerraba en su camarote.

Sin embargo, Anny parecía no haber comprendido nada, pensó él. Seguía sonriendo y no se cansaba de hacerle preguntas sobre la navegación, sobre la pesca, sobre las recetas de su madre. Por suerte, al menos, no le lanzaba miradas de pena.

Anny seguía poniéndose la camiseta y los pantalones cortos de él demasiado a menudo. Debería pedirle que se los devolviera, se dijo Demetrios. Al fin y al cabo, ella se había comprado más ropa en el último puerto. Pero parecía que lo que más le gustaba ponerse era lo que él le había prestado.

Como si así ella pusiera de manifiesto el vínculo que los unía.

¡Pues no había tal vínculo!, protestó él en silencio.

El barco de Theo siempre le había parecido espacioso y lo bastante grande como para toda una familia. Pero se había equivocado.

Era un yate enano. Minúsculo. En todas partes, se encontraba a Anny. Y ella le hacía desear cosas que se había jurado no volver a querer nunca más.

Anny lo tentaba, no porque coqueteara o le hiciera promesas irrechazables. Lo tentaba por el mero hecho de ser ella misma.

Por eso, cuando, al fin, llegaron al pequeño puerto de la isla griega de San Isaakios, Demetrios sintió que sus plegarias habían sido escuchadas.

Anny observó maravillada cómo la gente se reunía en la playa. Estaban celebrando la fiesta de su santo patrón.

Para su sorpresa, Demetrios se mostró deseoso de bajar a tierra. Era la primera cosa por la que parecía entusiasmado desde la noche en que la había rechazado.

Por eso, cuando él le sugirió desembarcar, ella no se negó.

—No es necesario que bajes, si no quieres —señaló él.

Sin embargo, Anny estaba cansada de estar en el mismo barco con un hombre que no quería ni verla. Ansiaba sentirse rodeada de gente, ruido y luces de colores.

—Lo estoy deseando —afirmó ella con emoción.

Los dos acordaron esperar al anochecer, para que fuera más fácil mantener el anonimato. La fiesta estaba en pleno auge.

—No es necesario que te quedes conmigo si no quieres —comentó ella en su camino a la costa.

Demetrios miró hacia la multitud, la mitad de los hombres estaban borrachos.

—No seas tonta —repuso él, malhumorado—. Vamos.

La playa estaba abarrotada de gente. Pequeñas lucecitas iluminaban las calles del puerto. Los fuertes acordes de la banda hacían temblar el suelo. Hacían un ruido ensordecedor, sobre todo después de haber pasado tantos días en el silencio del mar.

–¡Qué locura! –gritó ella, empujada por una banda de chicos que corrían por la calle.

Había cientos, tal vez miles de personas bailando, cantando y gritando, bebiendo y metiéndose en el agua.

–¿Quieres volver al barco? –le gritó él al oído.

Alguien había encendido fuegos artificiales en la playa. Los flashes de los fotógrafos relucían sin cesar.

–No –respondió ella. No quería regresar a la soledad del barco–. Es increíble. ¡No tenemos nada parecido en Mont Chamion!

–¡Mejor para vosotros! Busquemos un sitio para comer.

Caminaron más allá de la multitud y encontraron un restaurante con una mesa vacía.

A diferencia de lo que había hecho a bordo, donde siempre había terminado a toda prisa las comidas, Demetrios se tomó su tiempo para comer y se pidió otra cerveza. Y no habló de ningún tema personal, sólo del guión que tenía que escribir y de las personas con las que necesitaba hablar cuando terminara su viaje.

Anny escuchó. Tampoco ella tenía prisa por terminar de comer. Llegarían a Santorini al día siguiente. Aquél sería el final de su viaje. Y, tal vez, no volvería a ver a Demetrios nunca más. Por eso, quería disfrutar del momento todo lo posible.

–Deberíamos madrugar mañana –dijo él al fin–. He hablado con Theo y nos está esperando. Creo que podemos llegar por la tarde –añadió, sonriente.

Anny asintió. Parecía que Demetrios estuviera deseando deshacerse de ella.

–Tengo ganas de conocer a tu hermano.

Demetrios parpadeó, como si no se le hubiera ocurrido hacer tal cosa. ¿Acaso pensaba dejarla en un hotel antes de que llegara Theo?

De forma abrupta, él llamó al camarero y pagó la cuenta. Se puso en pie, ignorando el medio vaso de vino que le quedaba a Anny.

–Tenemos que irnos.

La multitud comenzaba a dispersarse. Algunos iban a las tabernas para seguir bebiendo, otros a fiestas privadas en las casas.

La fiesta principal había sido trasladada de la playa al mercado central, frente al puerto. Un grupo tocaba música tradicional y había parejas bailando. Anny aminoró el paso, observándolos con envidia.

–Vamos –dijo Demetrios y le dio la mano para caminar con ella entre el gentío.

–Baila conmigo –pidió ella, embelesada por una mezcla de deseo y música.

–¿Qué? –replicó él y le tiró de la mano.

Anny no se movió.

–Sólo un baile –rogó ella.

–Anny...

–Un baile, Demetrios. Sólo uno –insistió ella, decidida a no dejarse acobardar.

Los músicos no eran demasiado buenos y, a veces, desafinaban. Pero a Anny no le importaba. Era el final de su viaje y ella sabía que Demetrios no iba a cambiar de idea.

Ella no podía convencerlo de que la amara.

Pero no se conformaría sin un baile.

Quería sentir los brazos de él una última vez. Quería amarlo, sentir el calor de su cuerpo antes de la despedida.

Levantó la vista hacia él, con ojos suplicantes.

Él torció la boca. Se frotó la mandíbula, que lucía una respetable barba de dos semanas. Anny estaba deseando sentir esa barba contra las mejillas. Si bailaban, podría hacerlo, se dijo.

—Sólo un baile, Demetrios.

—Diablos. ¿Por qué no? —dijo él al fin.

Era como estar en el infierno y en el cielo al mismo tiempo.

Cuando rodeó a Anny con sus brazos para bailar y sintió el calor de su cuerpo, Demetrios se sintió perdido.

La deseaba demasiado.

El placer de tenerla a su lado era como si estuviera probando algo que nunca podría tener.

—Para que lo recordemos siempre —susurró ella.

¿Para qué quería recordar?, se dijo él. El amor no existía y él ya no creía en las promesas.

Sin embargo, le resultaba imposible resistirse a los impulsos de su corazón. Era como tratar de resistirse a la fuerza de la gravedad.

Imposible.

Demetrios la apretó contra su cuerpo y apoyó la mejilla en el pelo de ella. Era suave y olía a una embriagadora mezcla de limón y mar.

Apenas se movieron mientras sonaba la música. Sólo se abrazaron el uno al otro, meciéndose, saboreando el momento, soñando...

El disparo de la cámara fue como un fogonazo en la oscuridad. Una vez, dos, media docena de veces.

Cuando se recuperó de la momentánea ceguera por el flash, Demetrios se dio cuenta de que el fotógrafo no le apuntaba sólo a él, sino a Anny también. Y no era una cámara de turista, sino una profesional.

Demetrios maldijo y se quedó rígido. Intentó proteger a Anny.

—¿Estás bien? Lo siento. Iré por él. ¡Lo detendré!

Anny dio un paso atrás, tan aturdida como él, y le puso la mano sobre el brazo.

—No. Está bien. Son cosas que pasan.

—¡Saldrá en todos los periódicos del continente! ¡Inventarán cosas sobre nosotros! —exclamó él, furioso.

A Lissa le habían encantado ese tipo de cosas, había adorado la fama. Pero Anny no era así.

—Hablaré con él —dijo Anny y se giró para buscar al fotógrafo.

—¿Hablar? —repitió él. No era posible razonar con los paparazis...

Pero Anny corrió detrás del hombre, gritándole en griego.

—Por favor, pare. Quiero hablar con usted.

Para sorpresa de Demetrios, el fotógrafo se detuvo. Ella se acercó.

—Es una fiesta maravillosa, ¿verdad? —comentó Anny con una sonrisa encantadora—. ¿Cuánto tiempo lleva aquí? ¿Ha tomado muchas fotos? ¿Lo ha pasado bien hoy?

Las preguntas de Anny funcionaron y, bajo la atenta mirada de Demetrios, el fotógrafo quedó embelesado por el carisma de Anny.

Ella no le pidió la cámara ni que destruyera las fotos. Le ofreció una historia que podía acompañar a las imágenes. Le habló de su doctorado en Arqueología.

Le contó que había ido a la isla porque quería conocer unas ruinas y que su amigo Demetrios se había ofrecido a mostrárselas.

Luego, añadió que lo habían pasado muy bien, que habían cenado juntos y que, al escuchar una música tan maravillosa, no habían podido resistirse a bailar.

–¿Quiere usted bailar conmigo? –había invitado Anny.

El fotógrafo se quedó estupefacto.

–Yo puedo sujetarle la cámara –se ofreció Demetrios.

–Buen intento –dijo el fotógrafo, que no era ningún tonto–. Pero ni siquiera bailar con una princesa vale tanto como estas fotos –añadió y salió corriendo.

–Pensabas aplastarle la cámara –le acusó Anny a Demetrios.

–Claro que sí.

–Bueno, tú tienes tu forma de hacer las cosas y yo la mía –comentó ella con un suspiro.

–Publicará las fotos.

–Sí, pero mi padre no se sentirá avergonzado cuando las vea.

Demetrios se sentó en silencio en la lancha que los llevaba al barco.

Estaba callado, como en los últimos días, pero parecía más pensativo que antes. Lo más probable era que estuviera disgustado por lo de las fotos, adivinó ella.

Y Anny estaba triste. Los flashes de la cámara habían sido como las doce campanadas del reloj de Cenicienta. No le preocupaban las fotos, pues sabía que, al menos, la historia que las acompañaría sería inocua.

Pero le dolía que se hubiera interrumpido un momento tan mágico.

Al llegar al barco, sin decir palabra, Demetrios la ayudó a subir y se preparó para izar la lancha.

–¿Te ayudo a guardarla? –se ofreció ella, anticipando su respuesta.

–Puedo solo.

Anny se sentó en cubierta y se quitó las sandalias, observándolo.

El sonido de la música llegaba hasta ellos. Música dulce y romántica, que le hizo recordar lo delicioso que había sido bailar abrazada a él. Se frotó los pies, doloridos.

–Déjame.

Ella levantó la vista, perpleja, mientras Demetrios se sentaba a su lado, le tomaba el pie en las manos y comenzaba a masajearlo.

Sus dedos eran fuertes y firmes. Sus caricias, tan deliciosas e inesperadas...

–¿Mejor?

Anny asintió. Se estremeció. Cerró los ojos.

–Pues baila conmigo entonces.

Ella abrió los ojos de golpe.

–Aquí no hay fotógrafos –dijo él–. Pero se oye la música –añadió y se puso en pie, tendiéndole la mano.

Anny tragó saliva. Al instante, se lanzó a sus brazos. Él la sostuvo contra su pecho. Ella apoyó la cara en su mejilla, posó las manos sobre su espalda y le acarició la nuca con los dedos.

Anny estaba en la gloria. Memorizó cada sensación, cada movimiento. No entendía por qué él había cambiado de opinión, pero era demasiado maravilloso como para hacerse preguntas.

Entonces, la música cesó.

Demetrios no se apartó. Se quedó allí, abrazándola. Ella levantó la vista y le acarició la mejilla y la barba, sabiendo que nunca olvidaría su contacto.

Él se llevó su mano a la boca y la besó.

Anny se sintió recorrida por un escalofrío de deseo.

—Por favor —suplicó ella.

Sus miradas se entrelazaron.

Sin decir nada, él la tomó en sus brazos y la llevó al camarote.

Tal vez fue porque era la despedida.

Quizá, porque él no podía contener su deseo.

O, y eso era lo que Anny esperaba, la razón era que él había decidido creer en el amor.

Apenas consiguieron llegar a la cama. Demetrios la despojó de la camiseta y se quitó la suya también.

Ella le acarició el vello del pecho mientras Demetrios le tocaba los pechos y se inclinaba para besárselos a través del sujetador de encaje. Al momento, él se lo desabrochó y le besó la piel desnuda.

Anny lo agarró del pelo y tiró un poco. Él levantó la cabeza.

—¿No te gusta?

—Me gusta. Yo... Me hace desear más.

—Habrá más —prometió él.

Demetrios la besó de nuevo, adoró sus pechos y sus pezones, haciéndole retorcerse de placer.

Luego, le quitó los pantalones y le besó en los pies y las rodillas, le acarició entre las piernas.

Anny se mordió el labio, temblando. Amaba a ese hombre, pensó, y alargó la mano para acariciarlo entre las piernas. Él contuvo el aliento.

–¡Anny!

–¿Qué?

Pero, en vez de responder, él le acarició también y hundió los dedos en su parte más íntima. Ella se estremeció y se apretó contra él.

Entonces, Demetrios se acomodó entre sus piernas, mientras ella seguía acariciándolo.

–Anny.

–Sí. Ahora. Por favor.

En ese momento, él se deslizó dentro de ella.

Anny contuvo el aliento. Su unión era perfecta.

Durante un instante, Demetrios se quedó inmóvil, con la cabeza hacia atrás. Luego, comenzó a moverse.

Y Anny se movió con él.

Los dos llegaron juntos al clímax.

Entonces, Anny supo que su amor los uniría para siempre. Aunque sólo fuera en las fantasías de su corazón.

Capítulo 10

ANNY se despertó bien entrada la mañana, en la cama de Demetrios. Él se había levantado, por supuesto. Pero no importaba... porque él la amaba.

–Cuando vuelvas a tener sexo con un hombre, debe ser con alguien que te ame. Te lo mereces –le había dicho Demetrios en una ocasión.

Y, si se había acostado con ella, debía ser porque la amaba, reflexionó.

Anny hundió la cara en la almohada, inspiró. Olía a mar y a sal y a Demetrios. La abrazó como lo había abrazo a él la noche anterior.

Demetrios la amaba. Ella lo sabía.

Sumida en sus pensamientos, Anny se levantó y se duchó. Tenía un poco doloridas algunas partes de su cuerpo, un dulce recordatorio de su noche de pasión.

Se lavó el pelo, se lo peinó liso y se puso unos pantalones cortos y la camiseta de Demetrios.

Se sentía fresca y amada y se tomó su tiempo, saboreando el momento, y preparó huevos con jamón para desayunar.

Anny subió a cubierta con la bandeja, sonriente.

–Lo siento –dijo él, serio.

Anny se puso rígida, como si la hubieran abofeteado.

–¿Lo sientes? ¿No te gustó?

–Claro que me gustó. Fuc... increíble. Pero... siento que pasara. No debí haberlo hecho.

–¿Ah, sí? ¿Eso les dices a todas las mujeres? –replicó ella, luchando por contener las lágrimas.

–No. Maldición. No suelo cometer errores como éste.

–Te casaste con Lissa.

Demetrios dio un respingo, como si le hubieran dado un golpe físico.

–Lo siento –se disculpó ella enseguida. De inmediato, sin embargo, se arrepintió–. No, no lo siento. Siento que Lissa te hiciera daño. Siento mucho que abortara y que destruyera tus sueños. Siento que esté muerta. ¡Pero yo no soy Lissa!

–No –repuso él con brusquedad–. No lo eres. Tú vales mucho más que ella. Y que yo. Te mereces algo mucho mejor de lo que yo puedo darte.

–Vaya, gracias –dijo ella, tensa–. Pero no me vengas con ésas.

–Cielos, Anny, por eso fue un error –replicó él, pasándose la mano por la cabeza–. ¿Lo ves? ¡Para ti, lo que ha pasado ha sido importante!

–¡Y para ti!

–No.

–Mentiroso. Me dijiste que cuando volviera a acostarme con un hombre merecía ser amada. Y tú me amaste anoche.

Demetrios apretó la mandíbula. Apartó la vista y meneó la cabeza.

–Sí, es verdad que me importas.

–Menos mal.

–Por eso, sé que me equivoqué. Aproveché el momento. ¡Yo también quería tener algo que recordar!

Pero no debí haberlo hecho. No debí alimentar tus expectativas...

–¿Mis expectativas? ¿Es que pensabas que te iba a pedir en matrimonio esta mañana?

–Espero que no –contestó él, sonrojándose–. Pero nada ha cambiado. Sigo pensando lo mismo que antes de acostarnos.

Todo había cambiado, pensó Anny. Aunque él no lo sabía todavía. Sin embargo, se dijo que no podría convencerlo con palabras, él tenía que darse cuenta por sí mismo. Sólo tenía que darle tiempo.

–Te amo, Demetrios.

–No me ames –repuso él, con dientes apretados.

–Es demasiado tarde –afirmó ella con una triste sonrisa.

–No.

–Sí, lo es.

Llegaron a Santorini por la tarde.

Un hombre los esperaba en el muelle. Demetrios le había avisado a Theo para que fuera a esperarlo.

–Ésta es Anny. Anny, éste es mi hermano Theo –presentó Demetrios–. Anny vive en Cannes. Está haciendo un doctorado. Necesitaba tomarse unas vacaciones y ha venido conmigo como tripulación.

Theo sonrió, observándola con curiosidad. Le apretó la mano a Anny.

–¿Futura doctora, eh? Qué impresionante. Inteligente y guapa. El gusto de mi hermanito está mejorando.

–Ella no es... –comenzó a decir Demetrios de forma abrupta.

–¿No es lista? ¿No es guapa? ¿No está soltera? –lo interrumpió Theo, arqueando una ceja.

Anny no pudo evitar reír.

Demetrios cerró la boca.

–No te quedes ahí parado. Llévame la mochila, yo llevaré las cosas de Anny. Se va a quedar en la posada de Lucio.

–A mamá no le gustaría.

–Mamá no... –comenzó a decir Demetrios y se calló de golpe, mirando a su hermano–. Dime que mamá no está aquí, Theo, por favor.

–No hay nada que puedas hacer, Demetrios –repuso Theo–. Mamá está aquí y ella querrá que Anny se quede en su casa.

Demetrios maldijo para sus adentros. Por un instante, se quedó callado, como si estuviera barajando sus opciones. Theo le lanzó una mirada cómplice a Anny y esperó.

–Tú lo sabías. Sabías que mamá iba a estar aquí y no me lo advertiste –le dijo Demetrios a Theo con tono acusativo.

–Yo, no. Pero Martha, sí –admitió Theo–. Y mamá siempre lo sabe todo. Y quiere verte.

–Bien –aceptó Demetrios al fin. Apretó la mandíbula–. Acabemos cuanto antes.

La casa de los Savas era enorme y albergaba a la familia de Demetrios y a la de la esposa de Theo.

–Hay sitio para todo el mundo –le dijo Theo a Anny mientras metía su equipaje en el maletero–. Es una casa estupenda. Lo mejor que ha ganado mi padre.

–¿Ganado?

De camino hacia allí, Theo le explicó a Anny cómo su padre había ganado la casa al padre de Martha en una carrera de veleros. Ella no tuvo tiempo a penas de satisfacer su curiosidad con todas las preguntas que se le ocurrieron, porque enseguida llegaron.

—Vamos, hijo pródigo —le dijo Theo a su hermano de buen humor, dándole una palmadita en la espalda antes de abrir la puerta del coche.

En ese instante, una horda de personas de todos los tamaños y todas las edades salió por la puerta de la casa.

Una joven morena agarró a Demetrios antes de que pudiera salir del coche. Un hombre mayor que debía de ser su padre, le tiró de la mano para sacarlo y una mujer mayor que sólo podía ser su madre lo abrazó de inmediato. La mujer lloraba, hablaba y reía al mismo tiempo.

Demetrios parecía atónito. Al principio, estaba un poco rígido, pero enseguida abrazó a su madre y a su padre, también. Inclinó la cabeza y los besó a los dos. Entonces, rodeándolo, lo arrastraron escaleras arriba, hacia la entrada.

Theo le abrió la puerta a Anny con una sonrisa.

—Se les da muy bien acoger a los hijos pródigos, ¿no crees?

—Sí —afirmó Anny y tragó saliva—. Es maravilloso ver cuánto lo queréis.

—Lo queremos mucho —afirmó Theo—. Aunque no se ha dejado ver mucho en los últimos años. Mis padres no lo veían desde el funeral de Lissa. Sólo yo lo he visto después de eso, y fue porque me presenté en su casa sin avisar —explicó y sacó el equipaje del coche—. Esa mujer tiene la culpa de todo.

—¿Sabes lo de Lissa? —preguntó Anny, sorprendida. Creía que Demetrios no se lo había contado a nadie.

Theo asintió.

—No me lo ha dicho él. Pero conozco a mi hermano. Sé que ella no era buena para él. Lo cambió.

Siento que haya muerto –aseguró con rudeza–. Pero me alegro de que haya salido de su vida.

Era lo mismo que pensaba Anny.

–Me alegro mucho de que esté contigo, si quieres que te diga la verdad –continuó Theo, guiándola por las escaleras hasta el porche cubierto de buganvillas y dentro de la casa.

–No está... No estamos... juntos –le corrigió Anny, sintiendo que debía hacerlo.

–¿Quién lo dice? ¿Tú o él?

Anny sonrió. Theo había comprendido la situación a la primera.

–Demetrios.

–Ah, bueno. Mientras no seas tú, todo está bien.

Anny no respondió porque justo en ese momento entraron en la casa y en un enorme salón lleno de gente. No vio a Demetrios.

–Mamá le estará dando de comer –dijo Theo–. Ven a conocer a la familia. Y relájate. No muerden.

Theo le presentó a su hermana Tallie, que resultó scr la joven morena que había abierto la puerta del coche, a su marido Elias y a sus hijos, y a Yiannis, otro de sus hermanos.

Conoció a Martha Antonideses, la esposa de Theo, que la besó en ambas mejillas.

–¿Nos conocemos? Tu cara me resulta familiar –preguntó Martha, observándola con atención.

–No, yo no os conocía a ninguno de vosotros.

–Mejor para ti –repuso Martha, riendo–. Si sobrevives a tanto Savas y Antonideses, eso querrá decir que te mereces a Demetrios. Buena suerte.

A Anny le complacía que los demás pensaran que Demetrios y ella estaban juntos, pero estaba segura de que a él no le haría ninguna gracia.

–Demetrios es un buen hombre –señaló Martha–. Casi tan bueno como éste –añadió, rodeando a Theo por la cintura.

Anny envidió su amor y su camaradería. Tallie y Elias también parecían muy unidos. Y ella ansiaba poder sentir la misma conexión con Demetrios...

–Vamos a la cocina. Te voy a presentar a nuestros padres –propuso Theo al fin.

Malena y Sócrates Savas le dieron la bienvenida con los brazos abiertos.

–No sabíamos que Demetrios venía con una invitada –se disculpó su madre–. Nos alegramos de conocerte. ¿De dónde eres? ¿Quiénes son tus padres?

–Es una amiga, mamá –interrumpió Demetrios antes de que ella pudiera responder–. Me ha ayudado a manejar el barco. Eso es todo.

–Claro, cariño –repuso Malena, arqueando una ceja y sin quitarle los ojos de encima a Anny. Al fin, le dio una palmadita afectuosa en la mejilla–. Le has hecho mucho bien, querida.

–¡Mamá!

–Vamos –le dijo Malena a Anny, ignorando a su hijo–. Siéntate. Come.

El resto de la tarde fue un remolino de gente, de primos, sobrinos y parientes deseando darle la bienvenida a Demetrios.

–Es una casa de locos –murmuró Demetrios cuando pasó junto a Anny–. Lo siento.

–Me encanta –replicó Anny–. Tienes suerte. Son una familia maravillosa.

Demetrios gruñó algo, pero Anny sabía que estaba de acuerdo y que él también los había echado de menos.

Su familia le puso muy fácil el reencuentro. Nadie

mencionó los tres años que habían pasado sin tener noticias suyas. Sus sobrinos no tardaron en ganarse su atención y en hacerlo parte de sus juegos. Y, aunque en algunos momentos él parecía un poco perdido, estaba claro que se estaba rindiendo al calor de su familia.

También Anny quedó rendida ante unas personas tan amables y sencillas. Participó en las conversaciones y en los juegos, y nunca se sintió ajena. Le hicieron sentir parte de la familia. Y, por supuesto, no le permitieron ir a la posada de Lucio.

–Esto es una locura, mamá –protestó Demetrios–. No tiene por qué soportarlo.

–Ésta es nuestra casa. Queremos que se quede. ¿Tú quieres quedarte, Anny?

–Me encantaría, señora Savas –contestó ella, aun sabiendo que Demetrios no lo aprobaba.

–Malena, querida, llámame Malena –invitó la madre de Demetrios, dándole un cálido abrazo.

Anny durmió en la habitación que había frente a la de Demetrios. La compartió con su pequeña sobrina de tres años, Caroline.

–En la posada, no tendría que compartir habitación –había protestado Demetrios.

Pero nadie lo había escuchado. Era doloroso para él ver como todos se esforzaban porque Anny se sintiera una de ellos.

A la mañana siguiente, Anny apareció en la cocina con Caroline de la mano.

–Ah. ¿Has dormido bien Anny mía? –preguntó Malena.

¡Su Anny! Demetrios casi se atragantó al escucharla.

Al momento siguiente, su madre acomodó a Anny y le sirvió un generoso desayuno. Anny comenzó a probar el yogur con una mano mientras, con la otra, le daba los cereales a Caroline. Lissa nunca habría encajado tan bien en su familia, sin embargo...

–¡Papá! ¡Una limusina! –gritó Edward, irrumpiendo en la cocina–. ¡Se ha parado en la puerta!

–¿Vienen a buscarte, Demetrios? –preguntó su madre–. Es demasiado pronto.

–No es para mí –repuso Demetrios–. Es para Anny –adivinó.

Sin duda, su padre habría visto las fotos, se dijo Anny. Su cuento de hadas estaba a punto de acabar... Pero no era posible. Demetrios la amaba, se repitió a sí misma.

Anny miró a Demetrios y sonrió. Rezó porque él también sonriera, que aceptara sus sentimientos, que reconociera que la amaba.

Luego, miró a su alrededor y se dijo que había llegado el momento de dar explicaciones a la familia de Demetrios, pero él se le adelantó.

–Anny no es sólo Anny. Es la princesa Adriana de Mont Chamion.

Malena se quedó un momento estupefacta, al instante, pensativa y, de pronto, mostró expresión de determinación.

–Ve a decirle a tu padre que se ponga la camisa, Tallie –ordenó Malena, secándose las manos en el delantal.

–Iré a abrir –se ofreció Demetrios, tenso.

En la puerta, no encontró al chófer de palacio. Era el rey en persona.

–Adriana –saludó su padre al verla, con gesto de preocupación.

–Papá –saludó ella, sintiéndose culpable–. No tenías por qué venir hasta aquí.

–Claro que sí. Eres mi hija.

–Sí, pero...

–Vi las fotos. Supe con quién estabas. Y he tenido que venir –repuso el rey y le tendió la mano a su hija.

Los miembros de la familia de Demetrios, anonadados e intrigados, se fueron reunieron detrás de Anny, mirando.

Anny dio dos pasos hacia su padre y lo besó en las mejillas. El rey la miró a los ojos durante un largo instante, sin soltarla.

Anny se sintió culpable pero, al mismo tiempo, sabía que había hecho lo correcto. No podía haberse casado con Gerald. Entonces, le tendió una mano a Demetrios, que estaba inmóvil junto al rey.

–Éste es Demetrios, papá.

–Alteza –saludó Demetrios, sin tomar la mano de Anny.

Anny rezó para que Demetrios le dijera a su padre que la amaba. Pero él se quedó en silencio, mientras el rey lo estudiaba con gesto implacable.

–Papá, quiero presentarte a la familia de Demetrios –dijo Anny, rompiendo la tensión entre los dos hombres.

Malena le ofreció café. Sócrates se interesó por su vuelo. Los niños le preguntaron si podían ver la limusina por dentro.

Pero Demetrios no dijo ni una palabra.

Tras un rato, el rey rechazó una segunda taza de café y se levantó.

–Cariño, recoge tus cosas. Tenemos que irnos.

¿Irse? ¿Abandonar su sueño? Anny miró al hombre de su vida, rogándole con los ojos que hiciera algo.

–Yo traeré sus maletas –dijo Demetrios.

Capítulo 11

DEMETRIOS prefirió no despedirse de ella. No habría podido soportar verla marchar y fingir que no le importaba. Así que se quedó en la terraza, viendo como Anny abrazaba a todos antes de irse. Luego, Anny lo buscó con la mirada.

Sí, ella lo amaba. Igual que él la amaba, admitió para sus adentros.

¿Pero qué podía ofrecerle él a una mujer como Anny?

No tenía nada que darle. Era un hombre con demasiados malos recuerdos, alguien que no creía en los finales felices.

Y, más que nadie, Anny se merecía un final feliz.

—He hablado con Gerald —dijo su padre en cuanto se hubieron puesto en marcha.

—Papá, yo no...

—No vas a casarte con él —dijo su padre—. Sí, lo sé.

—Lo siento, papá. Sé que quieres que lo haga. ¡Pero no puedo!

—Anny... Lo único que quiero es que seas feliz. Y esperaba que con Gerald... Pensaba que llegaríais a amaros igual que tu madre y yo.

—Sí, papá. ¡Pero no puedo hacerlo!

—Lo sé. Lo supe cuando vi las fotos.

El rey le tendió una revista y, cuando vio las fotos,

Anny comprendió a qué se refería. En dos de ellas, estaban bailando, sus cuerpos pegados, amoldados el uno al otro a la perfección. Ella lo miraba con el corazón en los ojos mientras él le acariciaba el pelo.

–Podrías haber sido feliz con Gerald, Anny –opinó su padre–... si no estuvieras enamorada de otra persona.

Anny seguía esperando que Demetrios entrara en razón, que reconociera su amor. Pero no tuvo ninguna novedad de él.

Su padre la llevó a Mont Chamion, donde se quedó unos días. Esperándolo.

Una semana después, Anny regresó a Cannes. Lo primero que hizo fue ir a visitar a Frank. Pero al llegar a la clínica, se quedó aterrorizada cuando no lo encontró allí.

–Se ha ido a París –la tranquilizó una enfermera–. Para operarse.

En una ocasión, Frank le había contado a Anny que existía una mínima posibilidad de que volviera a andar, si se sometía a una operación en fase experimental y, luego, se dedicara a hacer ejercicios de rehabilitación durante nueve horas al día. Que ella supiera, Frank había rechazado esa opción.

–Nos dijo que tú le habías dado el valor para hacerlo –añadió la enfermera.

–¿Yo?

–Y Luke St. Angier –continuó la enfermera–. Ese actor tan guapo, no recuerdo su nombre. El último día antes de irse, le trajo a Frank una carpeta con información sobre la operación. Le dijo que tenía que informarse bien y, luego, decidir si estaba dispuesto a correr el riesgo.

–¿Cuándo es la operación?

–La semana que viene. Luego, Frank tendrá que hacer mucho ejercicio si quiere recuperarse y, tal vez, consiga volver a andar.

Anny rezó porque así fuera. No quería que Frank sufriera el dolor de tener un sueño que nunca se haría realidad.

Demetrios se había ido de Santorini un día después que Anny. Se había marchado a Hollywood para seguir con su trabajo. Había fingido estar bien, pero no podía seguir engañándose.

Sentado en el salón de su opulenta casa californiana, sólo sentía vacío. No podía dejar de recordar a Anny, su risa, su alegría. Y las dos noches que había pasado con ella.

Revivió su suavidad, su calidez, su pelo, sus caricias. Recordó cómo los dos se habían fundido como una sola alma.

Nunca se sentiría completo sin Anny, jamás.

Pensar en el futuro no tenía ningún sentido, si no era con ella.

Anny había corrido el riesgo de romper su compromiso con Gerald.

Frank había tenido el valor de someterse a la operación. Le había escrito un correo electrónico a Demetrios y le había dado las gracias por ser su inspiración.

¿Tendría él el coraje necesario para hacer lo que le pedía su corazón?

Anny había decidido regresar a Mont Chamion. Su padre le había insistido en que pasara más tiempo con ellos. Y ella había aceptado, necesitaba sentirse amada después del doloroso rechazo de Demetrios.

Llevaba allí casi tres semanas. Pero no quería volver a Cannes. La ciudad le traía demasiados recuerdos.

Aunque nunca podría olvidar a Demetrios.

Una noche, se sentó en el porche de la cabaña que había junto al lago, donde siempre solía ir con su madre y su padre, de niña. Se envolvió en un chal para protegerse de la brisa de la montaña. El cielo estaba lleno de estrellas.

Dejándose llevar, Anny miró al cielo y pidió deseos.

Deseó que Demetrios fuera feliz y que, algún día, encontrara el amor.

También, deseó poder dejar de llorar.

Entonces, oyó pasos en las escaleras y pensó que sería uno de sus hermanos, buscándola.

—¿Anny?

—¿Demetrios? —dijo ella y se puso en pie, preguntándose si estaría teniendo alucinaciones, mientras la figura de un hombre en la oscuridad se acercaba. Sí, era él—. ¿Qué estás haciendo aquí? —preguntó con voz temblorosa.

—No me puedo creer que te haya encontrado —repuso Demetrios—. ¡Gracias a Dios!

Anny se quedó un momento sin saber qué decir. ¿Estaría soñando?

—¿Quieres pasar? —invitó ella al fin, recordando sus modales—. Puedo hacer café. Y tengo galletas.

—¡Oh, Anny, te he echado de menos! —exclamó él, medio riendo—. Sí, me gustaría entrar. Sí, quiero café. Y galletas. Te amo.

Anny no se movió, atónita. Demetrios se acercó

más y le acarició la mejilla. Le levantó la barbilla para que lo mirara a los ojos bajo la luz de las estrellas.

–Te amo, Anny. Y no puedo dejar de amarte. Tú sabes que te amo. Tú me lo dijiste.

–Sí, pero... –balbuceó ella, aturdida.

–Pero yo no quise escucharte. Tengo tan poco que ofrecerte... Le fallé a Lissa.

–¡No le fallaste!

–No pude ayudarla. Ni conseguir llegar a ella.

–Pero a mí, sí. Me has dado fuerza y esperanza. Y amor –afirmó Anny y se le saltaron las lágrimas–. Entra.

Anny entró en la cabaña y encendió la luz. Se quedó sin respiración al verlo. Demetrios se había cortado el pelo y se había afeitado y llevaba unos vaqueros y una camiseta de manga larga. Estaba más atractivo que nunca. Para ella, no había ningún hombre tan guapo como él.

Demetrios la miraba con amor, sin distancias. Y aquello le dijo a Anny más que las palabras.

Ella tomó el rostro de él entre las manos y lo besó en los labios. Él la abrazó con fuerza.

–Te amo –repitió Demetrios con el corazón rebosante.

–Y yo te amo a ti.

Entonces, Demetrios la besó en el pelo, en la boca, en la frente, sus brazos se entrelazaron, sus cuerpos se apretaron el uno contra el otro y su pasión comenzó a arder como un volcán.

–¿Seguro que quieres café? –preguntó ella, riendo.

–Prefiero hacerte mía –repuso él–. Pero no sólo esta noche. Siempre –añadió y la besó en los labios–. Le he preguntado a tu padre si puedo pedirte que te cases conmigo.

—¿Has hablado con mi padre? —preguntó Anny con ojos como platos.

—Sí. Me presenté en palacio sin pedir cita. Y tu padre me dio una buena reprimenda. No quería decirme dónde estabas. Dijo que, si de veras te amaba, tendría que encontrarte sin ayuda.

—¿Pero cómo sabías...?

—Tú me habías hablado de este lugar, del refugio que teníais junto al lago, donde solías pedir deseos a las estrellas, donde solías ir con tu padre y tu madre. Así que le pregunté a tu padre cómo llegar a la cabaña del lago. Entonces, fue cuando él se ablandó, al darse cuenta de que me habías hablado de algo muy especial.

—Sí. Nunca le hablamos a nadie de la cabaña.

—Me indicó cómo llegar —explicó él con una sonrisa—. Y me dio permiso para pedirte que te casaras conmigo. También me enseñó su colección de espadas y me advirtió que si te lastimaba, me las vería con él.

Anny rió, llena de felicidad. Sabía que Demetrios no le haría ningún daño.

—¿Quieres casarte conmigo, Anny? Eres todo lo que siempre he buscado en una mujer —afirmó y tragó saliva—. Quiero tener una familia contigo.

—Y tú lo eres todo para mí —replicó ella, besándolo—. Sí, me casaré contigo, Demetrios. ¡Lo deseo tanto!

Los preparativos de una boda real, por muy sencilla que fuera, necesitaban al menos seis meses. Demetrios no quería esperar tanto, pero aceptó, dispuesto a amoldarse a las obligaciones que la monarquía imponía.

No sin darle unas cuantas lecciones acerca de cuáles serían sus obligaciones hacia su futura esposa, el rey había dado la bienvenida a Demetrios a su familia.

—La amas. Lo sé. Y sé que ella te ama —le había dicho el rey a Demetrios—. Eso es lo que importa de verdad.

Seis meses después, Anny le dio un beso a su padre antes de caminar hacia el altar de su brazo. Estaba a punto de llorar de felicidad. Cuando empezó a sonar el himno nupcial, su padre le apretó la mano y entraron en la catedral.

Demetrios la esperaba en el altar. Sus hermanos Theo, George y Yiannis estaban a un lado. Y al otro, estaba el padrino.

Entonces, Anny se quedó atónita, sin poder creer lo que veía. El padrino era un muchacho joven y muy delgado, alto, de pie, apoyado en dos muletas de metal.

—Frank —susurró ella y las lágrimas empezaron a rodarle por las mejillas—. No puedo creerlo.

El sacerdote se aclaró la garganta. Anny y Demetrios entrelazaron sus manos, felices por empezar su nueva vida como marido y mujer.

Theo les dejó su yate para la luna de miel.

—Pasadlo bien —les dijo Theo y miró a Anny—. Vigílalo, que cuide bien mi barco.

—Vete. No le va a pasar nada al barco. Deja de preocuparte —le espetó Demetrios.

Cuando Theo se marchó, Demetrios izó las velas y Anny llevó el timón para salir del puerto de Santorini. Se dirigían a Cannes.

—Otra vez en la mar —dijo Anny. Pero no sería igual.

En esa ocasión, no tendrían que luchar contra sus sentimientos, ni contra el deseo.

–Igual podemos empezar a buscar esos niños sobre cuyos nombres nunca nos ponemos de acuerdo –sugirió él esa noche, depositándola sobre la cama.

–No creo.

Demetrios se quedó inmóvil, mirándola.

–Estoy embarazada –explicó ella, sonriendo–. Dentro de siete meses y medio, Ernesto estará aquí.

–Querrás decir Rafael –le corrigió él, sonriendo también, y la besó.

–Ernesto –dijo ella, riendo.

–Rafael.

–Tal vez sean gemelos –señaló ella entre carcajadas.

–Me parece bien, princesa –repuso él, tomándola en sus brazos. Todo le parecía bien. La vida era hermosa. Y amaba a Anny–. Sí, me gustan los gemelos.

Bianca™

Descubrieron que el fuego de la pasión seguía ardiendo

El legendario aplomo del millonario griego Yannis Zervas estuvo a punto de saltar por los aires cuando se topó con Eleanor Langley.

La jovencita dulce y adorable que recordaba se había convertido en una ambiciosa y sumamente atractiva profesional de Nueva York, que lo miraba con ojos acerados, un fondo de ira y lo que parecía ser deseo.

A Yannis no le gustaban las emociones puras. Había contratado a esa fría mujer por motivos de negocios. Pero más tarde, cuando viajaron a Grecia y se encontraron bajo el cálido sol del Mediterráneo, la verdadera Ellie volvió a surgir...

El regreso del griego

Kate Hewitt

Acepte 2 de nuestras mejores novelas de amor GRATIS

¡Y reciba un regalo sorpresa!

Oferta especial de tiempo limitado

Rellene el cupón y envíelo a
Harlequin Reader Service®
3010 Walden Ave.
P.O. Box 1867
Buffalo, N.Y. 14240-1867

¡Sí! Por favor, envíenme 2 novelas de amor de Harlequin (1 Bianca® y 1 Deseo®) gratis, más el regalo sorpresa. Luego remítanme 4 novelas nuevas todos los meses, las cuales recibiré mucho antes de que aparezcan en librerías, y factúrenme al bajo precio de $3,24 cada una, más $0,25 por envío e impuesto de ventas, si corresponde*. Este es el precio total, y es un ahorro de casi el 20% sobre el precio de portada! !Una oferta excelente! Entiendo que el hecho de aceptar estos libros y el regalo no me obliga en forma alguna a la compra de libros adicionales. Y también que puedo devolver cualquier envío y cancelar en cualquier momento. Aún si decido no comprar ningún otro libro de Harlequin, los 2 libros gratis y el regalo sorpresa son míos para siempre.

416 LBN DU7N

Nombre y apellido	(Por favor, letra de molde)

Dirección	Apartamento No.

Ciudad	Estado	Zona postal

Esta oferta se limita a un pedido por hogar y no está disponible para los subscriptores actuales de Deseo® y Bianca®.
*Los términos y precios quedan sujetos a cambios sin aviso previo.
Impuestos de ventas aplican en N.Y.

SPN-03

©2003 Harlequin Enterprises Limited

Cásate conmigo

RACHEL BAILEY

Ryder Bramson esperaba heredar las
empresas de su padre, pero el testa-
mento de éste había dejado la situación complicada. Para vencer a sus
hermanastros, con quienes se disputa-
ba la herencia, tendría que convertirse
en el accionista mayoritario, y para
ello necesitaba hacerse con las accio-
nes de Ian Ashley. El problema era que
Ian sólo estaba dispuesto a venderlas
a quien se casara con una de sus hijas,
Macy Ashley. Pero lograr ponerle el
anillo en el dedo a Macy no iba a ser
tan sencillo.

*¿Se dejaría Macy convencer por
aquel irresistible hombre de finanzas?*

Obligado por el deber, rendido al deseo...

Felicity Clairemont fue a España a reclamar su herencia. Desgraciadamente, eso significaba volver a ver a Vidal Salvador, duque de Fuentualba. El apuesto español siempre le había dejado muy claro la mala imagen que tenía de ella. La última vez que Vidal la vio, la deseó y la odió al mismo tiempo. Sin embargo, unos años después, el honor le exigía ayudarla. A medida que la verdad sobre la familia de Felicity se fue destapando, el poder de la atracción se hizo dueño de ellos. ¿Podría Vidal admitir alguna vez lo equivocado que había estado sobre ella?

Un verano tormentoso

Penny Jordan